조선남자

朝鮮男子

-천능의 주인-

조선남자 11권

초판1쇄 펴냄 | 2020년 08월 25일

지은이 | K.석우
발행인 | 성열관

펴낸곳 | 어울림 출판사
출판등록 / 2009년 1월 23일 제 2015-000062호
주소 / 경기도 고양시 일산동구 무궁화로 43-55, 801호 (장항동, 성우사카르타워)
TEL / 031-919-0122
FAX / 031-919-0127
E-mail / 5ullim@hanmail.net

ⓒ2020 K.석우
값 8,000원

ISBN 978-89-992-6762-8 (04810)
ISBN 978-89-992-6190-9 (SET)

JLIM MODERN FANTASY

11

K.석우 현대판타지 장편소설

조선남자

朝鮮男子

-천능의 주인-

어울림

조선남자

朝　鮮　男　子

-천능의 주인-

목차

필독

  본문에 등장하는 의학용어는 가급적 현재 의학용어에 맞게
사용할 예정입니다.
  다만 의료상황이나 응급상황을 묘사함은 현실의 의료상
황이나 응급상황과는 다른 작가의 작품구성 상 필요에 의해
창작되었음을 알려드립니다.
  또한 본문에서 언급하는 지역과 인간관계, 범죄행위, 법과
현 시대의 묘사는 현실과 관계없는 허구임을 밝힙니다.

조선남자

朝鮮男子

-천능의 주인-

날개

살짝 상기된 서진화 대리의 입술이 바르르 떨리고 있었다.

한종섭 사장의 지시로 자신이 대신 말하게 된 것이지만 마치 자신만이 알고 있는 엄청난 비밀을 전 직원에게 공개하는 것처럼 마음이 설레었다.

서진무역의 전 직원들의 눈이 발갛게 상기된 얼굴로 서 있는 서진화 대리의 얼굴을 바라보고 있었다.

서진화가 침을 삼키며 이내 입을 열었다.

"조금 전 오후 4시 30분경 미국의 레이얼 시스템 본사로부터 총 4회에 걸쳐 우리 서진무역으로 상당한 돈이 입금되었어요.”

서진화의 목소리 끝이 살짝 떨렸다.

서진무역의 직원들은 매월 말경이면 미국의 레이얼 시스템에서 서비스 용역을 대행하고 있는 서진무역의 계좌로 건별로 정산한 서비스 대금이 입금된다는 것을 알고 있었다.

때문에 이번에도 레이얼 시스템에서 서비스 용역대금을 입금한 것이라고 생각했다.

지난 달 서진무역이 레이얼 시스템의 서비스 용역을 대행한 건수가 11건이었기에 그 11건의 용역서비스 대금이 조금 빨리 서진무역으로 입금 된 것이라는 생각을 할 수밖에 없었다.

그나마 이번 달에는 조금 일찍 대금이 입금되어 한종섭 사장이 자금압박을 받는 일이 줄어들 것 같아 다행이라는 생각까지 들었다.

서진화가 회의실에서 자신을 바라보고 있는 서진무역의 직원들을 훑어보며 다시 얼굴이 달아올랐다.

서진화의 도톰한 입술이 열렸다.

“레이얼 시스템에서 우리 서진무역의 계좌로 입금된 내역 중 제일 먼저 입금된 자금은 500만불이었어요.”

순간 서진무역의 직원들이 멍한 표정을 지었다.

회의실 맞은편 자리에 앉아 있던 유한선 고문이 놀란 듯

눈을 동그랗게 뜨고 서진화 대리를 바라보았다.

"자, 잠깐 서대리. 방금 얼마라고 했어? 500불?"

유한선은 서진화가 500만불이라고 이야기한 것을 500불을 잘못 말한 것이라고 생각했다.

서진화가 머리를 가볍게 흔들었다.

"아니에요, 유고문님. 다시 말하지만 정확하게 500만불이에요. 지금의 원화와 달러의 환율로 계산해보니 정확하게 60억 7,250만원 정도예요."

서진화는 이미 레이얼 시스템에서 입금된 자금을 원화로 계산까지 해놓았다.

일순 회의실 안이 조용해졌다.

모두가 놀란 듯 눈을 껌벅이고 있었다.

지금까지 인건비를 제외하고 사무실 운영비를 부담하기에도 빠듯한 서진무역이었다.

그런 서진무역에 60억이 넘는 자금이 한꺼번에 입금되었다는 사실에 놀라 아무도 입을 열지 못했다.

하지만 그런 직원들의 반응과는 상관없이 서진화 대리의 목소리가 다시 들렸다.

"두 번째로 입금된 자금은 1,000만불이에요. 역시 지금 환율로 계산하니 121억 4,500만원 정도의 규모였어요."

서진화 대리의 말이 서진무역의 전 직원의 귀에 천둥소리처럼 들려왔다.

그때였다.

한종섭 사장이 서진화 대리를 바라보며 입을 열었다.

"서대리. 잠시만 기다려 주겠나?"

한종섭의 얼굴도 레이얼 시스템에서 입금된 자금의 내역을 설명하는 서진화 대리의 얼굴처럼 발갛게 달아오른 느낌이었다.

서진화가 상기된 얼굴로 대답했다.

"네, 사장님."

서진화 대리가 한쪽으로 물러서자 한종섭 사장이 서진무역의 직원들 얼굴을 한 명 한 명씩 훑어보았다.

모두가 넋이 빠진 듯 멍한 얼굴이었다.

레이얼 시스템으로부터 뜬금없는 엄청난 거금이 서진무역으로 입금되었다는 것은 자신들도 모르고 있는 모종의 거래가 몰래 이루어지고 있었을 것이라는 생각이 들었다.

그리고 그런 거래를 할 수 있는 사람은 서진무역의 사장인 한종섭뿐일 것이라는 생각이 그들의 머리를 스쳐갔다.

단순하게 용역서비스 대금만으로는 이런 엄청난 대금이 입금되는 것은 들어본 적이 없었던 터였다.

더구나 비록 레이얼 시스템과 서진무역과의 관계는 악어와 악어새의 관계처럼 공생관계를 이어가고 있었지만 서비스 대행대금집행에서 마지막 1달러 대금까지 따져서 지급해 왔던 질릴 정도로 완벽하게 셈을 하는 레이얼 시스템

이라는 것을 그들도 잘 알고 있었다.

더구나 근래에 와서는 일본의 구와정밀에서 레이얼 시스템을 인수합병할 것이라는 소문까지 돌고 있었기에 조만간 레이얼 시스템과의 서비스 용역계약까지 종료될 것이라는 예상을 하고 있던 참이었다.

그런 상황에서 뜬금없이 엄청난 거금이 입금되었다는 것은 너무나 놀랄 만한 일이었다.

서진무역의 직원들이 한종섭 사장을 바라보았다.

한종섭이 천천히 입을 열었다.

"여러분도 알고 있다시피 우리 서진무역과 미국의 레이얼 시스템은 본사의 사정상 아시아지역의 서비스 용역을 우리 서진무역이 대행하고 있었다는 것을 모두 다 잘 알고 있을 것입니다. 지금까지는 레이얼 시스템에서 우리 서진무역이 대행해온 서비스 용역의 건당 수수료를 정산해서 지급해 왔다는 것까지 말입니다."

한종섭의 목소리는 담담했다.

하지만 그 역시 말끝이 살짝 떨리고 있었기에 지금의 이 상황에 대해서 나름 흥분하고 있다는 것을 결국은 감추지 못했다.

듣고 있던 유한선 고문이 눈을 껌벅이며 입을 열었다.

"사, 사장님! 레이얼 시스템은 일본의 구와정밀에 합병되는 게 아닙니까? 그 때문에 새로 설비를 도입해야 하는 발주업체들도 레이얼 시스템보다는 일본의 구와정밀이나 하치네 제작소 아니면 독일의 브란츠 정밀과 같은 쪽의 설비로 발주처를 변경할 것이라고 하던데 말입니다."

한종섭이 머리를 끄덕였다.

"유 고문님의 말씀대로 근래에 그런 소문이 있었지요."

"그럼?"

한종섭이 빙긋 웃으며 입을 열었다.

"잘 알려지지 않은 이야기지만 이제 여러분들도 알아야 할 것 같아 말씀드리지요."

한종섭의 목소리가 담담하게 회의실을 울리고 있었다.

모두의 시선이 한종섭 사장의 입술에서 떨어지지 않았다.

한종섭이 나직하게 말을 이었다.

"여러분은 잘 모르시고 있었겠지만 지금까지 레이얼 시스템을 경영해 왔던 레이얼 시스템의 총수 토마스 레이얼 회장이 혈액암으로 투병 중이었고 회복이 불가능할 정도로 상황이 악화되고 있었던 중이었습니다. 나도 얼마 전에 중국에 볼일이 있어 잠시 한국을 방문했던 데니얼 엘트먼 이사를 통해 그 사실을 알게 되었지요. 뭐 그 때문에 토마스 회장의 대행으로 그분의 동생이었던 로빈 레이얼 부회장이 레이얼 시스템을 운영하던 상황이었습니다."

"허!"

"뭐야? 그런 일이 있었어?"

"쯧! 그런 일이……."

모두의 입이 벌어졌다.

레이얼 시스템의 토마스 레이얼 회장이 혈액암으로 죽어가고 있었다는 것은 그 누구도 알지 못하던 사실이었다.

하지만 한종섭은 데니얼 엘트먼을 통해 토마스 레이얼 회장의 상태를 알고 있었고 이제야 그 사실을 직원들에게 털어놓았다.

한종섭이 서진무역 영업팀 직원인 김유수 대리를 바라보았다.

당시 데니얼 엘트먼이 한종섭 사장을 만나기 위해 한국을 방문했을 때 데니얼 엘트먼 이사를 공항에서 픽업해 호텔로 데려왔던 사람이 바로 그였다.

김유수 대리가 눈을 깜박이며 한종섭 사장을 바라보았다.

그로서는 사장님이 데니얼 엘트먼을 만났다는 것은 알고 있었지만 그 내막에 이런 비밀이 숨겨져 있었을 것이라곤 미처 예상하지 못했다.

한종섭이 담담한 얼굴로 다시 입을 열었다.

"투병중인 토마스 레이얼 회장을 대신해서 레이얼 시스템을 운영하고 있던 로빈 레이얼 부회장은 형님이신 토마스 레이얼 회장이 혈액암으로 임종하게 되면 레이얼 시스템을 더 이상 운영할 생각이 아니었습니다. 여러분들도 소문으로 들어서 알고 있는 일본의 구와정밀에 레이얼 시스템을 매각할 생각이었던 것은 사실이었습니다."

"역시."

"쯧, 헛소문은 아니었네요."

"구와정밀이 진짜로 레이얼 시스템을 인수하게 되면 당장에 전세계의 최첨단 시스템설비분야에서 독보적인 기업이 될 텐데. 기가 막히네."

서진무역 직원들의 얼굴에 안타까워하는 표정이 떠올랐다.

시스템 설비분야에서 레이얼 시스템은 설비나 계측기의 단가가 구와정밀과 같은 다른 업체의 설비나 장비보다 비싸고 까다로웠다.

그만큼 기술이나 최첨단 소재분야에서는 독보적인 존재였기에 레이얼 시스템의 브랜드 가치는 상상을 초월할 정도라는 것은 그들도 알고 있었다.

그런 레이얼 시스템을 인수하는 기업이라면 단번에 전세계의 시스템 설비분야에서 독주할 체제가 만들어질 것은 분명했다.

한종섭이 다시 입을 열었다.

"당시의 레이얼 시스템 내부사정을 데니얼 엘트먼 이사에게 듣고 내가 한 가지 제안을 했습니다. 내가 알고 있는

두 명의 의사를 미국으로 보내어서 토마스 레이얼 회장의 혈액암을 치료 해 보자는 제안이었지요. 그리고 얼마 전 그들이 미국으로 건너갔습니다."

뜬금없는 한종섭의 말에 모두가 놀란 표정으로 그를 바라보았다.

한종섭의 입에 부드러운 미소가 떠올랐다.

"알려지지 않았지만 내가 소개한 두 명의 의사는 모두가 상당한 실력을 가진 의사들이었고 그 사람들이라면 분명 토마스 레이얼 회장을 치료할 수 있을 것이라고 믿었습니다. 그리고 내 믿음이 틀리지 않았지요. 오늘 오후에 데니얼 엘트먼 이사와 통화를 하면서 토마스 레이얼 회장이 완쾌되었다는 이야기를 들었습니다. 물론 완치된 토마스 레이얼 회장과도 직접 대화를 나눌 수 있었기에 그분의 혈액암이 완전히 완쾌되었다는 것을 확인할 수 있었습니다."

회의실에서 탄성이 터졌다.

"아!"

"와, 혈액암이 이렇게 쉽게 나을 수 있는 병인가?"

"어떻게 이런 일이⋯⋯."

"기가 막히네요."

한종섭 사장의 말은 서진무역의 직원들 얼굴을 벌겋게 상기시켜 놓을 정도로 충격적이었다.

한쪽에 앉아서 한종섭 사장의 말을 듣고 있던 영업부 최영선 부장이 입을 열었다.

"혹시 그 의사라는 분이 사장님의 얼굴을 그렇게 젊게 만들어주신 사위라는 분이 아닙니까?"

하룻밤 사이에 수십 년은 젊어진 얼굴로 사무실에 나타난 한종섭 사장을 두고 서진무역이 발칵 뒤집어졌던 일이 있었다.

당시 한종섭은 자신이 젊어진 것이 사위 덕분이라고 말을 했다.

때문에 한종섭 사장의 사위가 누군지 서진무역의 직원들은 궁금해 죽을 지경이었다.

그리고 그런 능력을 가진 의사가 사위라는 것에 부러움을 넘어 질투까지 생길 정도였다.

더구나 한종섭 사장에게 사위가 생겼다는 말은 사장의 큰딸인 한서영이 결혼을 했다는 말과 같았다.

그렇기에 한서영을 알고 있는 젊은 직원들은 애꿎은 한종섭 사장의 사위를 원망하기까지 했다.

한서영이 대학시절 종종 아버지인 한종섭 사장이 운영하고 있는 서진무역을 찾아와 아빠에게서 용돈을 얻어가는 모습을 보았던 젊은 직원들이었다.

그들에게 한서영은 여신이고 신앙이며 마음속에 새겨진 연인의 이미지였다.

청초하고 아름다웠던 한서영의 발랄하고 통통 튀는 듯한 매력을 모르는 서진무역의 직원들은 없었다.

오죽하면 서진무역의 홍일점인 서진화 대리는 한서영이 사무실에 오지 못하게 해달라는 청원을 한종섭 사장에게 직접 할 정도였다.

한서영이 사무실을 다녀가면 서진화로서는 한서영과 비교되어 아예 돌덩어리 취급을 받는 것이 분하고 싫었기 때문이다.

이후 한서영이 대학을 졸업하고 의사면허를 취득해 병원의 의사가 되었다는 소식을 들었다.

그 다음부터는 한서영이 좀처럼 서진무역에 모습을 드러내지 않아서 젊은 직원들에게는 상당한 아쉬움까지 안겨주었다.

최영선 부장의 말에 한종섭 사장이 빙긋 웃었다.

맞다고 인정도 하지 않았고 아니라고 거부도 하지 않은 묘한 미소였다.

"다행히 내가 소개한 두 의사의 치료로 혈액암이 완치된 토마스 레이얼 회장이 자신을 치료해 준 두 명의 의사를 소개시켜 준 것에 대한 보답으로 우리 서진무역에 의외의 제안을 제시해 왔습니다."

말을 하고 있는 한종섭의 눈이 반짝였다.

모두의 시선이 한종섭을 바라보고 있었다.

한종섭이 담담한 목소리로 말을 이어갔다.

"레이얼 시스템의 토마스 레이얼 회장이 새롭게 제안한 제의는 우리 서진무역과 고정적인 서비스 용역에 관한 계약이었습니다. 조건은 계약금 500만불에 지금까지 진행이 되어왔던 서비스 용역건수와는 상관없이 고정적으로 연 1,000만불의 수수료를 지급한다는 내용이었고, 계약 기간은 5년에 계약이 만료된 5년 이후 새로운 조건으로 레이얼 시스템과의 서비스 용역에 관한 계약을 경신할 수 있다는 조건이었지요. 난 당연하게 그것을 승인했고 일단 구두로 방금 말한 새로운 계약은 체결되었습니다. 조금 전 서대리가 여러분에게 말한 1차 입금액과 2차 입금액은 그 계약이 체결되었다는 것을 의미합니다."

순간 모두의 입이 쩍 벌어졌다.

"그, 그게 새로운 계약에 관한 대금이었다고요?"

"그, 그럼."

"와아."

순식간에 회의실 테이블에 놓였던 잡다한 서류들이 허공으로 날아올랐다.

파르륵—

파라라라락—

마치 허공이 하얗게 덮인 것처럼 종이들이 가득 허공으로 번져 나갔다.

"해마다 1,000만불의 수수료가 입금된다니…….."

누군가 흥분해서 소리쳤다.

"사장님! 우리 사무실 이사합시다. 넓은 곳으로요."

"업무차량 교체해주세요 사장님."

"하하하, 오늘 회식합시다 사장님!"

"서진무역 만셉니다. 하하하."

"봉급 인상해 주세요."

서진무역의 직원들은 그야말로 꿈을 꾸는 느낌이 들었다.

해마다 한화 121억원이 넘는 엄청난 거액이 서진무역에 입금된다면 자금압박이나 급여에 대한 불안감은 이제 전혀 할 필요가 없기 때문이다.

한종섭은 직원들이 환호하는 모습을 빙그레 웃으면서 지켜보고 있었다.

한쪽에서 레이얼 시스템으로부터 입금된 자금의 내역을 설명했던 서진화 대리 역시 발갛게 상기된 얼굴로 직원들이 환호하는 모습을 바라보며 하얀 이를 드러냈다.

그녀 역시 새롭게 입금된 자금의 규모만 알고 있었을 뿐 그것이 어떤 내역을 가지고 있었는지는 아직 모르고 있었던 참이었다.

하지만 그것이 서진무역과 레이얼 시스템과의 새로운 서비스 용역에 대한 계약금과 서비스 용역에 대한 대금이었다는 것을 알게 되자 가슴이 터질 듯이 뛰기 시작한 것이다.

늘 빠듯한 사무실 운영자금 때문에 의도하지 않은 짠순이라는 말을 듣고, 또 출장비를 정산할 때 1원 단위까지 따져서 마녀(?)라는 소리도 들었던 서진화 대리였다.

그런데 이제는 상상할 수 없는 엄청난 운영비가 들어온 것은 그녀에게 너무나 행복한 일이었다.

다만 3차로 들어온 32억불과 4차로 들어온 12억불에 대한 내역은 아직 한종섭 사장이 말하지 않았기에 그것이 궁금했다.

한종섭은 환호하는 직원들을 바라보며 흐뭇한 표정을 짓고 있었다.

그런 한종섭의 앞으로 벌겋게 상기된 얼굴로 유한선 고문이 다가왔다.

"한사장님! 정말 고생하셨습니다."

유한선은 사장인 한종섭보다 더 많은 급료를 받아갔던 자신의 마음부담을 이제야 홀가분하게 털어낸 모습이었다.

"고문님의 보수도 더 올려드릴 겁니다."

한종섭의 말에 유한선이 두꺼비 같이 두툼한 입술을 벌리고 벌쭉 웃었다.

"허허 그러면 저야 좋지요."

한종섭이 빙그레 웃으며 유한선 고문의 손을 꼭 잡았다.

"그동안 고문님께 제대로 대접을 못 한 것이 늘 아쉬웠는데 이제는 그런 걱정 할 필요가 없겠습니다. 사무실을 옮기면 고문님께 전용 사무실을 만들어 드리지요. 그리고 일전에 이야기 했던 새로운 신입직원들의 영입도 추진하겠습니다."

한종섭 사장의 말에 유한선 고문의 눈시울이 시큰해졌다.

유한선이 한종섭 사장의 손을 꼭 쥐며 입을 열었다.

"한사장님이 절 배려해 주시는 것을 잘 알고 있었기에 늘 마음이 아팠습니다."

유한선은 사무실의 운영비가 빠듯한 상황에서도 늘 자신의 급료를 책정하고 단 한 번도 빠트리지 않고 고액의 급료를 지급해주었던 한종섭 사장의 마음을 너무나 잘 알고 있었다.

사장인 한종섭보다 더 많은 급료를 받았던 유한선이었지만 그것을 거절할 수도 없는 상황이었다.

두 명의 대학생 아들의 학비와 이제 곧 대학에 입학할 딸아이의 학비를 비롯해, 사흘이 멀다 하고 병원신세를 져야 하는 노모와 그런 노모를 부양하는 아내에게는 자신이 벌어서 가져다주는 급료가 전부였기 때문이다.

한종섭이 유한선 고문의 손을 잡으며 입을 열었다.

"떠나지 않고 이렇게 서진에 계셔 주셔서 제가 감사를 드려야 하지요. 하하."

"제가 가면 어디로 가겠습니까?"

유한선 고문의 기술력이면 그가 어디를 가든 최고의 대접을 받을 것이란 것을 한종섭도 잘 알았다.

하지만 열악한 사무실 환경에서도 서진을 떠나지 않고 끝까지 남아준 유한선에게 한종섭은 너무나 고맙고 감사한 마음이었다.

한종섭이 서로 껴안고 환호하고 있는 서진무역의 직원들을 바라보며 다시 입을 열었다.

"자, 자. 기뻐하는 것은 잠시 미루고 남은 이야기가 있으니 다들 다시 자리에 앉으세요."

사장의 말에 서진무역의 직원들이 놀란 얼굴로 한종섭 사장을 바라보았다.

"또 있습니까?"

얼굴에 희색이 만연한 영업팀 최영선 부장이었다.

한종섭이 빙그레 웃었다.

"아까 서대리가 레이얼 시스템에서 4건의 입금내역이 있었다고 설명하지 않았나?"

"아!"

최영선 대리가 입을 벌렸다.

환호성으로 가득했던 회의실의 분위기가 다시 가라앉

았다.

직원들이 부산스럽게 환호성을 지르며 날뛴 덕분에 어지럽게 흩어졌던 의자를 끌어와 다시 자리를 잡고 앉았다.

직원들이 움직이는 모습을 본 한종섭이 상기된 얼굴로 서 있는 서진화 대리를 바라보았다.

"서대리. 3차와 4차 입금내역을 다시 설명해봐."

서진화가 발갛게 달아오른 얼굴로 머리를 숙였다.

"네, 사장님."

서진화가 다시 회의실 탁자 가운데 섰다.

모두가 이제는 열망과 기대감으로 반짝이는 시선을 서진화 대리의 얼굴에 고정하고 있었다.

서진화는 예쁘지 않은 비교적 평범한 얼굴이었지만 지금의 서진화는 대한민국의 그 어떤 미녀라고 해도 따라오지 못할 정도로 아름답게만 보이고 있었다.

서진화가 상기된 얼굴로 다시 입을 열었다.

"레이얼 시스템에서 우리 서진무역으로 세 번째 입금된 자금은 32억불이었습니다."

순간 직원들의 얼굴이 하얗게 변했다.

어떤 직원들은 자신이 잘못 들은 것으로 생각하며 손가락으로 귀를 후벼 팠다.

상석 쪽으로 자리를 옮겨와 있었던 최영선 부장이 더듬거리며 물었다.

"서, 서대리. 얼마라고?"

서진화의 얼굴이 이제는 홍당무처럼 달아올랐다.

"32억불이에요. 최부장님. 한화로 계산하면 3조 8,547억 2,000만원 정도예요."

"허어~."

최영선의 입에서 바람이 빠지는 소리가 흘러나왔다.

콰당탕—

누군가 놀란 듯 의자와 함께 뒤쪽으로 넘어지는 모습까지 보였다.

서진화가 다시 입을 열었다.

"마지막 4차로는 12억불의 자금이 입금되었습니다. 한화로 계산하면 1조 4,457억 6,000만원 정도예요. 그 때문에 현재 우리 서진무역의 계좌에는 총 44억 1,500만불의 자금이 입금되어 있어요. 여기서 현재 사무실의 운영자금 2,984만원은 제외하고 총 5조 3,183억 900만원의 자금이 계좌에 입금되어 있습니다."

말을 마친 서진화가 이마를 살짝 숙이고 한쪽으로 비켜섰다.

최영선 부장이 눈을 껌벅이며 한종섭 사장을 바라보았다.

"사, 사장님."

한종섭이 부드럽게 웃었다.

"내가 내용을 모두 말해 줄 테니 그렇게 놀랄 필요는 없어 최부장."

"이, 이게 지금 내가 꿈을 꾸는 것인지……."

최영선의 손이 덜덜 떨리고 있었다.

새로운 서비스 용역에 대한 대금으로 1,500만불의 자금이 입금되었다는 것도 꿈만 같은데 들어본 적이 없는 숫자의 돈이 입금되어 있다는 것에 심장이 터질 듯 두근거렸다.

한종섭이 하얗게 질린 얼굴로 자신을 바라보고 있는 직원들의 얼굴을 바라보며 담담하게 입을 열었다.

"방금 서대리로부터 여러분들이 들은 32억불과 12억불에 대한 내역을 설명할 테니 오해하지 말고 들어야 합니다. 먼저 3차로 입금된 32억불은 레이얼 시스템의 총수인 토마스 레이얼 회장이 자신의 병을 완쾌시켜준 두 명의 의사 분들에게 사례로 지급한 대금입니다."

"아!"

"그럼 그렇지."

"3조원이 넘는 돈을 사례금으로 지급하다니 역시 레이얼 시스템 회장이다."

"허허 말 그대로 진짜 돈벼락이네."

32억달러의 내역이 두 명의 의사들에게 지급하는 사례금이었다는 것에 직원들이 놀란 듯 눈을 부릅떴다.

유한선이 급하게 물었다.

"그, 그럼 12억 달러는 그 내역이 뭡니까? 그건 사장님에게 드리는 보상금이었습니까?"

유한선 고문의 말에 한종섭 사장이 웃었다.

"그건 아닙니다. 저에 대한 보상금은 없습니다."

"그럼?"

한종섭이 담담한 얼굴로 입을 열었다.

"레이얼 시스템의 토마스 레이얼 회장님이 우리 서진무역과의 새로운 서비스 용역계약을 제시한 것 외에 다른 한 가지의 제안을 더 제시했습니다. 4차로 입금된 12억불은 그 제안을 위한 대금입니다."

"그게 뭡니까?"

"그게 뭡니까? 사장님!"

"사장님! 그게 뭐예요?"

서진화 대리까지 궁금한 듯 한종섭 사장을 보며 재촉했다.

한종섭이 빙긋 웃으면서 입을 열었다.

"레이얼 시스템과 우리 서진무역이 이곳 대한민국에 합자회사를 하나 설립하자는 제안이었습니다. 레이얼 시스템에서 4차로 보내온 12억불의 자금은 그 합자회사를 창업하는 것에 레이얼 시스템이 부담해야 할 자금입니다."

"허……."

"지분구조는 레이얼 시스템 49% 우리 서진무역이 51%의 구조로 설립할 것입니다. 또한 합자회사의 경영권과 운영권에는 레이얼 시스템이 일체 관여하지 않고 오로지 우리 서진무역에서 독자적으로 운영하는 것으로 진행될 것입니다. 새롭게 설립될 합자회사는 레이얼 시스템의 아시아 전역의 사업권을 독자적으로 가지게 될 겁니다."

한순간 모두의 입이 쩍 벌어졌다.

"하, 합자회사라니……."

"그럼 어떻게 되는 거야?"

"그럼 우리 서진무역은 어떻게 되는 거지?"

직원들이 술렁였다.

지금 한종섭 사장이 말하고 있는 합자회사라는 의미가 무슨 의미인지 어리둥절한 표정이었다.

듣고 있던 최영선 부장이 다급하게 물었다.

"그럼 우리 서진무역은 어떻게 됩니까?"

한종섭이 빙긋 웃었다.

"서진무역은 레이얼 시스템과 합자로 설립하게 될 회사의 모태가 될 거야. 즉 새롭게 설립될 합자회사의 기반 자체가 서진무역이 된다는 말이지. 다만 더 큰 덩치로 확장되어 새롭게 재창업 한다는 의미는 추가되겠지 최부장."

한종섭 사장의 말에 최영선 부장이 입을 쩍 벌렸다.

레이얼 시스템과 서진무역이 출자한 합자회사의 자본금이 총 25억불이라면 대한민국에 엄청난 규모의 시스템 설비기업이 탄생할 것은 분명했다.

합자회사의 자본금만 한국 돈으로 환산하면 3조에 가까운 천문학적인 자금이었다.

또한 그 새로운 기업이 서진무역을 모태로 출발하게 된다면 이곳에 있는 모든 직원들의 운명도 달라지게 될 것이다.

유한선이 눈을 껌벅이며 물었다.

"레이얼 시스템의 출자자금은 그렇지만 우리 서진에서 부담해야 할 자금은 어떻게 마련할 생각이십니까? 우린 12억불이 아니라 당장에 1억불도 없는 상황인데… 그렇다고 레이얼 시스템의 토마스 레이얼 회장을 치료한 의사들에게 보수로 지급한 32억불을 사용할 수도 없지 않습니까? 그건 명백하게 개인에게 지급한 사례금인데……."

비록 조금 전에 서진화 대리가 32억불이라는 천문학적인 돈이 서진무역의 계좌로 입금되었다고 말해주었지만, 그것은 서진무역의 자금이 아닌 토마스 레이얼 회장의 혈액암을 치료한 두 명의 의사에게 사례로 지급한 금액이라는 말을 들었던 터였다.

그 돈을 당사자인 두 의사의 동의 없이 사용하게 된다면 명백한 편취와 횡령이고, 한종섭 사장으로서는 비난과 곤

경을 피할 수 없을 것이다.

한종섭이 살짝 웃으며 다시 입을 열었다.

"우리 서진무역이 합자회사에 부담할 자금은 토마스 레이얼 회장이 두 명의 의사에게 보수로 지급한 32억 불의 자금 중 13억 불의 자금을 제가 융자해서 집행할 겁니다."

3차로 입금된 32억 불의 자금은 딸 한서영과 사위인 김동하에게 보수로 지급된 것이니 아버지인 자신이 회사의 창업을 위해 사용한다는 것을 설명한다면 어렵지는 않을 것이라고 생각했다.

어렸을 때부터 돈에 대한 감각은 그야말로 투박할 정도로 둔했던 큰딸 한서영이었기에 자신이 사업에 사용한다고 설명한다면 수긍할 것은 너무나 뻔했다.

사위인 김동하 역시 몇 번 겪어 본 결과 돈에 대해서는 무지할 정도로 감각이 둔한 편이라는 것을 단숨에 알 수가 있었다.

듣고 있던 유한선 고문이 눈을 껌벅이며 물었다.

"13억 달러나 융자한다면 보수를 받은 그 의사 분들이 허락할까요?"

그때 듣고 있던 최영선 부장이 눈을 반짝이며 입을 열었다.

"혹시 사장님이 미국으로 보내신 두 명의 의사 분들이 사장님의 큰따님과 사위 분이 아닙니까?"

한종섭이 대답 대신 싱긋 웃었다.

한종섭 사장이 대답을 하지 않고 미소만 머금자 유한선이 눈을 치켜떴다.

"바, 방금 최부장이 말한 게 사실입니까?"

"사장님 얼굴을 젊어지게 만들었다는 그 의사 사위와 따님이 미국으로 간 것이 맞죠?"

아무렇지 않게 두 명의 의사에게 보수로 지급된 돈을 사용한다는 말에 직원들 모두가 놀란 표정으로 한종섭 사장을 바라보았다.

말이 융자이지 서진무역 같은 작은 기업에 13억 달러를 조건 없이 융자해줄 사람은 세상에 단 한사람도 없을 것이다.

다만 그 대상자가 자신의 가족이라면 문제가 달라진다.

한종섭이 싱긋 웃으며 대답했다.

"최부장의 짐작이 맞아. 사위의 의술이 좀 특별할 정도로 출중해서 딸과 함께 미국으로 건너가 토마스 레이얼 회장의 병을 치료해 달라고 부탁했어. 덕분에 나도 토마스 레이얼 회장에게 면을 좀 세운 셈인데… 결과가 이런 식으로 돌아오게 될 것이라고는 짐작하지 못했지."

"허어~."

"세상에……."

"그럼 그렇지."

모든 직원들이 놀란 눈으로 한종섭 사장을 바라보았다.

한종섭이 웃으면서 입을 열었다.

"딸과 사위에게 보상으로 지급한 돈이긴 하지만 어쨌든 내 딸과 사위의 돈이니 어렵지 않게 자금을 융자받을 수 있을 것이라고 생각했네."

"사장님!"

"정말 우리 서진이……."

직원들의 얼굴에 감격적인 표정이 떠올랐다.

유한선 고문은 가늘게 손을 떨며 눈을 껌벅이고 있었다.

매달 돌아오는 직원들의 급여를 맞추는 것도 힘들어서 자금난에 허덕이던 작은 기업인 서진무역이었다.

그런 서진무역이 단번에 엄청난 대기업으로 도약한다는 것에 실감이 나지 않는 표정이었다.

한종섭이 입을 열었다.

"이번 출장이 마무리 되는 대로 당분간 외부출장의 업무는 스케줄을 지연시키도록 하세요. 그리고 최부장은 연신전자와 하양정밀과 접촉해서 우리가 인수할 수 있는지 알아보도록 해. 난 우리 서진이 새롭게 옮겨갈 합자회사의 사옥을 알아 볼 것이니 그렇게 알아두도록 하고. 마지막으로."

한종섭이 머리를 돌려 서진화 대리를 바라보았다.

"서대리는 한국신문과 세운일보, 금양신문에 우리 서

진에서 새로운 신입사원들과 경력직 직원들을 채용한다는 채용광고를 의뢰하도록 해. 1차 채용규모는 신규직원 100명에 경력직 직원 50명이면 될 거야."

사장의 말에 서진화 대리의 얼굴이 상기되었다.

"신규 여직원 채용은 어떻게 해요?"

서진무역에서 홍일점으로 유일한 여직원이었던 서진화는 자신과 함께 일할 여직원의 채용이 참으로 간절했다.

한종섭이 빙긋 웃었다.

"신규직원이라면 남녀 구분할 필요가 있나? 본인이 가지고 있는 커리어가 중요하겠지. 채용면접은 남녀 비율을 가지지 않고 오직 본인이 가진 커리어만 보고 선발할 생각이야. 경력직 직원의 채용도 마찬가지야. 전자와 전기에 특화된 기술을 가진 경력직원들이라면 그만한 기술을 가진 여직원들이 귀할 것이니 경력직에서도 차별을 두는 것도 의미가 없어."

한종섭의 말에 서진화 대리가 하얀 이를 드러내고 웃었다.

"알겠습니다 사장님."

서진화가 반짝이는 시선으로 한종섭 사장을 바라보았다.

서진화 대리뿐만 아니라 서진무역의 모든 직원들의 가슴이 터질 듯이 두근거리고 있었다.

이제 서비스 업무로 출장비까지 꼼꼼히 따져야 했던 열악한 업무환경이 아닌 대한민국 최고의 시스템 설비업체로 재탄생 하게 되는 순간을 자신들이 맞이하고 있다고 생각이 들었다.

최영선 부장이 상기된 얼굴로 입을 열었다.

"연신전자와 하양정밀을 정말 인수할 생각이십니까?"

연신전자와 하양정밀은 서비스 요청을 받은 서진무역이 현장의 시스템 설비의 이상으로 출장을 나갈 경우 대체부품으로 사용하는 설비부품의 생산처였다.

시스템 설비의 특성상 교체해야 할 부품을 본사에 요청하면 짧게는 일주일에서 길게는 몇 달을 기다려야 한다.

그럴 경우 서비스 요청을 한 회사에서는 엄청난 손해가 발생하게 된다.

그 때문에 한국에서 자체로 대체할 수 있는 부품은 한국의 부품으로 대처하였다.

그 부품 중 가장 성능이 좋은 곳이 연신전자의 부품과 하양정밀의 부품이었던 것이다.

하지만 두 회사도 자금압박으로 인해 운영상황이 어렵다는 것은 업계에서도 잘 알려진 일이었다.

예전에는 쉽게 구할 수 있었던 연신전자의 부품과 하양정밀의 부품이 이제는 제법 발품까지 팔아서 구하거나 아니면 직접 연신전자와 하양정밀을 찾아가 구해오는 일이

잦아진 것으로 그것은 충분히 증명되었다.

연신전자와 하양정밀은 회사가 보유한 기술은 최상급이
었지만 지금까지의 서진무역처럼 열악한 근무환경과 자
금사정으로 간신히 경영을 이어가던 회사였다.

특히 연신전자가 개발한 화학성분의 밀도감지센서의 기
술은 한국의 대기업에서도 탐을 낼 정도로 괜찮은 기술이
었다.

하지만 연신전자의 영업망이 빈약한 관계로 성능에 비해
상대적으로 큰 이득을 보지 못한 것은 업계에서도 소문으
로 돌 정도로 유명한 일화였다.

동신그룹의 동신전자에서 연신전자가 개발한 센서의 특
허기술을 이전하는 대가로 상당한 수준의 보상을 제시했
다는 얘기도 있었다.

그러나 연신전자는 결코 그 센서의 특허를 포기하지 않
고 있다고 알려져 있었다.

연신전자의 연구개발팀 직원 수십 명이 몇 달을 밤을 새
워가며 실패와 연구를 반복하며 만들어 낸 결과물을 너무
나 허망하게 내 줄 수는 없었던 것이 연신전자의 입장이었
다.

하양정밀도 마찬가지였다.

초정밀 금형기술까지 보유하고 있다고 알려진 하양정밀
역시 연신전자와 비슷한 상황을 겪고 있었기에 다른 대기

업들도 하양정밀의 인수를 노리고 있는 중이었다.

다만 두 기업들 모두가 자금압박으로 힘들어 하고 있었지만 대기업으로 합병되는 것은 어렵게 참아내고 있는 중이었다.

두 기업이 대기업에 합병되는 순간 근무하던 직원들이 정리될 것은 너무나 뻔한 일이었기 때문이다.

대기업으로서는 두 기업이 가진 특허기술이 필요한 것이지 그곳에서 근무하는 사람들이 필요한 것은 아니라는 것을 누구나 알 수가 있었다.

어떻게 억지로 근무를 한다고 해도 정규직으로 일하던 그들이 한순간에 비정규직으로 추락하게 될 것이니 두 회사의 사장으로서도 합병만큼은 절대로 받아들이기 힘들었다.

그런 두 기업을 한종섭 사장이 인수할 것이라고 하니 최영선 부장이 놀란 표정으로 사장을 바라본 것이다.

한종섭이 머리를 끄덕였다.

"두 회사가 어떤 회사인지 최부장도 잘 알잖아. 두 회사의 사장과 접촉해서 모든 직원들의 직위승계와 정규직 채용도 그대로 받아들일 것이라고 해봐. 원한다면 두 사장도 대리사장으로 그대로 근무해도 좋다고 하고 말이야. 두 회사가 가진 기술이라면 우리도 자체적으로 시스템 설비를 생산할 수 있는 공장을 가지게 되겠지. 대기업 합병을 끝까지 거절한 두 기업이니 사장들도 고집이 꽤 셀 테니 조심스럽게 의사를 타진해야 하네."

한종섭 사장의 구체적인 지시에 최영선 부장이 상기된 얼굴로 머리를 끄덕였다.

"알겠습니다 사장님."

한종섭이 두 회사의 인수에 최영선 부장을 내세운 것은 두 회사에 최영선의 친구들이 근무하고 있다는 사실 때문이었다.

늘 만나면 회사경영사정을 푸념처럼 늘어놓는다는 것을 잘 알고 있었기에 최영선을 내세운 것이다.

이미 두 회사의 내부 사정을 알고 있는 최영선 부장이라면 접촉에 그렇게 부담을 가지지 않을 것이라고 믿는 한종섭이었다.

한종섭이 마지막으로 직원들의 얼굴을 훑어보며 입을 열었다.

"지금까지 어려운 상황이었지만 끝까지 우리 서진에서 버텨준 전 직원들에게 사장으로서 진심으로 감사드립니다. 원하는 대로 새로 사무실, 아니 아예 본사사옥을 만들어 근무지도 옮길 거고 지금까지 사용해 왔던 낡은 장비들도 모두 교체해 드릴 겁니다. 당연히 새롭게 급여도 인상될 것이고, 신규직원들이 채용되면 직책도 모두 진급시켜 드릴 겁니다. 나는 서진무역의 사장으로서 함께 고

생해왔던 직원들의 노고를 절대로 잊지 않을 겁니다. 그러니 지금부터는 새로운 마음으로 다시 함께 출발해 봅시다."

한종섭 사장의 진심 어린 말에 모두의 눈에 눈물이 살짝 고였다.

좁아터진 사무실에서 사람들과 북적이며 생활해 왔던 서진무역의 직원들이다.

그런 그들의 고생이 이제 제대로 보상을 받게 되었다는 것이 참으로 감격스럽기만 했다.

말단에 앉아서 눈물을 글썽이던 설비팀 김기덕 과장이 입을 열었다.

"사장님! 오늘 같은 날 회식 한번 해야지요?"

서진무역의 회식은 특별한 날에만 간혹 이루어진다.

규모가 큰 거래를 성사시키거나 아주 어려운 시스템 설비의 설치 업무가 마무리되면 그때 간혹 회식을 하곤 했다.

그런 상황에서 오늘 같은 날 회식을 하지 않는다는 것은 직원들로서도 참으로 서운할 일이 분명했다.

한종섭이 빙그레 웃으며 대답했다.

"물론이야. 모두 퇴근 준비하고 신흥으로 모여."

순간 회의실 안이 터져나갈 듯한 함성이 터져 나왔다.

"와아."

"와!"

"사장님 최곱니다."

들뜬 기분을 감추지 못하고 상기된 마음을 억지로 추스르고 있었던 직원들이었다.

그런 상황에서 오랜만에 너무나 기쁜 회식이 열린다는 말에 자신들도 모르게 함성을 질러댔다.

서진무역이 입주해 있던 건물의 다른 사무실에서도 서진무역에서 갑자기 터져 나온 함성에 놀란 듯 사무실 밖으로 나와 서진무역의 사무실을 기웃거리기까지 했다.

직원들이 환호하는 모습을 미소를 머금은 얼굴로 바라보던 한종섭이 서진화 대리를 보며 입을 열었다.

"서대리, 신흥에 전화해서 오늘 우리가 회식한다고 알리고 고기 100인분 준비해 놓으라고 해."

신흥이라는 곳은 서진무역의 직원들이 점심 때 식사를 하는 단골식당이었다.

엄청난 돈이 한꺼번에 들어왔지만 그렇다고 지금까지 회식자리의 단골이었던 신흥식당을 빼고 다른 곳을 선택할 생각이 없는 한종섭이었다.

서진화가 방긋 웃으며 대답했다.

"네. 사장님."

"회식비와 지금까지 직원식대를 오늘 다 갚아야 하니 돈 찾아오는 것도 잊지 말고."

"네."

그때 상기된 얼굴로 한종섭을 바라보고 있던 유한선 고
문이 입을 열었다.

"이참에 사모님도 함께 모시지요."

한종섭이 눈을 껌벅였다.

"예?"

유한선이 빙그레 웃었다.

"말씀은 하지 않으셨지만 사장님이 힘들게 사무실을 운
영하던 것을 내조해 오셨던 사모님 아닙니까? 뵌 지도 오
래되었고 그동안의 노고도 함께 축하해야 할 것 같아 말씀
드리는 겁니다."

듣고 있던 최영선 부장까지 거들었다.

"유고문님의 말씀이 맞습니다. 그동안 사무실 운영이 어
려워도 내색하지 않고 사장님을 내조해 오신 사모님인데
오늘 같은 날 모셔서 함께 하신다면 직원들도 좋아할 겁니
다."

최영선의 말에 한종섭이 머리를 긁적였다.

아내 이은숙에게는 아직 전화조차 해주지 않았던 한종섭
이었다.

아내가 이 소식을 듣게 된다면 눈물을 흘리게 될지도 모
른다는 생각이 들었다.

"알겠습니다. 아내도 오라고 하지요."

한종섭이 머리를 끄덕이자 유한선 고문과 최영선 부장이 이를 드러내며 웃었다.

　그런 그들의 모습을 마주본 한종섭의 입에도 함박웃음이 떠오르고 있었다.

강한 남자

 뉴욕 맨해튼 북쪽은 미국에서도 악명 높은 할렘가로 알
려진 곳이다.

 세인트 요한 더 디바인 성당이 위치한 110 스트리트에서
북쪽의 135 스트리트 위쪽의 YMCA 회관을 지나 클로이
스터스 방면까지 상당히 넓게 분포된 지역이 할렘가였다.

 또한 할렘가의 8번가는 8번가라는 명칭 대신 프레드릭
더 더글라스 블러버드라는 이름으로 불리는 곳이고, 7번
가는 애덤 클레이튼 파웰주니어 블러버드라는 명칭으로
부르기도 했다.

 두 개의 이름은 할렘출신의 흑인 지도자의 이름으로, 나

름 이곳에 거주하는 빈민들에게는 상징적으로 존경받는 인물들이었다.

할렘가의 중심인 125 스트리트의 아폴로 극장의 뒤쪽 골목 안쪽에 위치한 '루시드'라는 술집은 가난한 흑인뮤지션들이 자주 모여 춤과 노래를 즐기는 곳으로 알려져 있었다.

대부분 매주 수요일 아폴로 극장에서 진행되는 아마추어 나이트에 참석하려는 주머니가 가난한 뮤지션들이 주 고객이었다.

하지만 맑음, 명쾌하다, 명료하다는 의미의 루시드라는 단어와는 달리 이곳은 할렘가에서 은밀하게 거래되는 환각제나 마약, 대마초의 거래 온상지이기도 했다.

할렘가를 무대로 활동하는 갱들 사이에서는 모르는 사람이 없을 정도로 유명한 곳이었다.

주로 할렘가를 주 무대로 활동하는 갱들이나 마약에 중독된 뮤지션들 사이에서 입소문으로 퍼져 알려지게 된 루시드였지만 그런 사실을 뉴욕의 경찰이나 마약단속반도 모르지 않았다.

다만 경찰조직들 사이에서도 함부로 루시드를 건드리지 못하는 묘한 상황이 벌어졌다.

그 이유는 루시드의 주인이 현 할렘가에서 가장 세력이 강한 마이클 할버레인이었기 때문이다.

'킹덤'이라 불리는 마이클 할버레인의 조직은 조직원만 수백 명에 이를 정도로 엄청난 규모의 조직이었다.

킹덤과 연루되어 있는 사업장도 수십 곳에 이른다고 알려져 있었다.

할렘을 비롯해 뉴욕의 전역에 퍼져 있는 매춘사업장과 마약거래처를 장악하고 있는데다 유럽 쪽의 마피아와 연루된 무기거래까지 그의 손을 거친다는 소문이 돌고 있는 자였다.

그의 배후에는 고위경찰들과 정치인들까지 연루되어 있다는 소문까지 돌았다.

누구든 함부로 그를 건드릴 경우 오히려 역공격을 당할 우려가 있는 자가 바로 마이클 할버레인이었다.

58세의 마이클 할버레인이 뉴욕과 할렘을 실질적으로 지배하는 암흑가의 보스가 된 것은 순전히 그의 잔인한 성격이 뒷받침되었기 때문이었다.

자신에게 반기를 드는 세력이나 숙적은 수단과 방법을 가리지 않고 제거를 했다.

또한 자신이나 자신의 조직을 배신한 배신자는 뉴욕 외곽에 만들어 놓은 '킹덤'의 안가에 설치해 놓은 폐목분쇄기에 던져 넣어 뼛조각 하나 남기지 않고 갈아서 벌레의 먹이로 던져준다는 잔인한 습성도 있었다.

그런 것들이 그와 대면하는 상대에게 두려움을 안겨주는

것으로 유명했다.

하지만 그런 마이클 할버레인이라고 해도 조직으로부터 들어오는 엄청난 자금을 관리하는 것에는 낭패를 겪고 있었다.

자금을 관리하기 위해 두 명의 회계사를 두었지만 마이클 할버레인의 잔인한 성격을 오판한 두 명의 회계사들이 작당을 하여 마이클 할버레인의 돈을 몰래 빼돌렸다.

그 돈으로 최고급 요트까지 샀다는 것을 알아낸 마이클 할버레인은 그들을 전매특허처럼 알려진 폐목분쇄기로 갈아서 허드슨강의 물고기 밥으로 던져주었다.

이 사실은 조직 내에서 말단 조직원들까지 알고 있는 유명한 일화였다.

그런 그가 우연히 뉴욕의 은행을 방문했다가 한 명의 은행원을 만나게 되었다.

은행원을 이용해 수억 달러에 이르는 막대한 자금을 20여 개의 은행에 분산시켜 관리함으로써 고민거리였던 자금관리 문제를 해결할 수가 있었다.

마이클 할버레인과 인연을 맺은 은행원은 사라진 두 명의 회계사들과는 달리 그가 뉴욕의 암흑가에서 최고의 보스이며 할렘가의 황제라 불리는 마이클 할버레인이라는 것을 알고는 그를 속일 생각도 하지 않고 도왔다.

마이클 할버레인을 속일 경우 쥐도 새도 모르게 뼛조각

하나 남지 않고 사라진다는 소문을 알고 있었기 때문이다.

9월이 저물어 가는 뉴욕의 오후는 세계 최고의 도시라는 명칭답게 화려한 조명으로 옷을 갈아입고 있었다.

오후 8시가 넘어가는 시간이었기에 뉴욕의 뒷골목 할렘가의 술집에는 하루의 일상을 한잔 술로 마무리하려는 사람들로 넘쳐났다.

어둠은 할렘가조차도 화려한 조명으로 덮어놓기 시작했다.

뉴욕을 장악하고 있는 킹덤의 보스 마이클 할버레인이 운영하고 있는 곳으로 알려진 루시드에도 조명이 밝혀졌다.

다만 평소와는 달리 루시드의 안쪽에서 음악소리가 들려나오지 않았다.

루시드는 늘 화려한 비상을 꿈꾸다 찌든 삶에 지쳐버린 가난한 뮤지션들이 마약과 술에 취해서 자신의 음악을 울분처럼 토하는 곳이었기에 음악소리가 항상 상징처럼 들리는 곳이기도 했다.

하지만 지금은 루시드에는 그 어떤 음악소리도 흘러나오지 않고 있었다.

그것이 의미하는 것은 오직 한 가지였다.

뉴욕의 암흑가를 장악하고 있는 갱조직 킹덤의 보스 마

이클 할버레인이 지금 이 시간 루시드에 머물고 있다는 의미다.

그것을 증명하듯 루시드의 입구 앞쪽에는 검은 양복차림의 거구의 흑인들이 두 손을 앞으로 포개어 놓은 채 앞쪽을 바라보고 있었다.

누가 보아도 루시드로 들어서는 사람들을 감시하려는 모습이었다.

양복의 옆구리 쪽이 두툼한 것으로 보아 그들이 양복의 안쪽에 무언가를 감추어 놓고 있다는 것을 단번에 알 수 있었다.

킹덤의 보스인 마이클 할버레인의 현재 위치를 알게 된 공명심에 부푼 미친 경찰이나 킹덤을 견제하고 있는 다른 조직의 암살자들이 보스인 마이클 할버레인을 노리고 쳐들어오는 것을 막기 위한 조치였다.

루시드의 입구에 서 있는 두 명뿐만 아니라 현재 루시드의 내부에는 킹덤의 조직원 수십 명이 머물고 있었다.

마이클 할버레인은 자신이 움직일 경우 수십 명의 조직원들을 대동한다고 알려져 있었다.

그로서는 그다지 선한 삶을 살아온 것이 아님을 자신도 알고 있었기에 늘 외부의 견제자들을 조심했다.

두 명의 건장한 사내들이 입구를 지키고 있는 것이 무슨 의미인지 알고 있는 사람들이 루시드로 들어서려다 가게

의 안에 마이클 할버레인이 있다는 것을 알고 흠칫하며 돌아섰다.

슬럼가로 악명 높은 할렘이지만 그런 그들도 킹덤의 보스인 마이클 할버레인과 대면하는 것은 극도로 피하려는 것이다.

8시 15분.

루시드가 위치한 골목으로 한 대의 검은색 링컨 리무진이 천천히 굴러들어왔다.

이미 루시드의 앞쪽 도로의 양쪽에는 크고 작은 십여 대의 차들이 주차되어 있는 상황이었지만 정작 루시드 가게 앞은 비워져 있었다.

검은색의 링컨 리무진은 아무렇지 않게 정확하게 루시드 가게 앞에서 멈춰 섰다.

루시드를 방문하는 손님들에겐 방해가 될 만한 위치였지만 링컨 리무진은 그런 것은 상관하지 않는다는 듯이 정확하게 딱 비워진 가게 앞에 멈춰선 것이다.

끼익—

차가 멈추자 루시드의 입구를 지키고 있던 검은 얼굴의 두 명의 사내들의 흰 눈자위가 번득였다.

그들의 시선이 링컨 리무진의 운전석을 쏘아보고 있었다.

이내 차의 시동이 꺼지면서 운전석의 문이 열렸다.

딸칵.

문이 열리면서 회색의 양복을 걸친 약간은 마른 금발의 사내가 차에서 내려섰다.

차에서 내린 사내는 레이얼 시스템의 부회장에서 해임된 로빈 레이얼의 아들 듀크 레이얼이었다.

듀크 레이얼은 루시드의 앞에 서 있는 두 명의 사내들을 보고 익숙한 듯 빠르게 걸음을 옮겨 다가왔다.

듀크 레이얼은 사내들과 안면이 있는 것인지 전혀 경계하지 않았다.

일반 사람들이 본다면 저절로 위축감을 느낄 정도로 드럼통 같은 체격을 지닌 흑인 사내들이었지만 듀크 레이얼은 전혀 겁먹은 눈치가 아니었다.

듀크 레이얼이 루시드의 앞을 지키고 있는 사내들에게 다가서면서 두 손을 양쪽으로 들어올리며 입을 열었다.

"보스와 약속이 되어 있다는 것은 들었지?"

듀크 레이얼은 킹덤의 보스인 마이클 할버레인을 만나기 위해서는 반드시 먼저 약속시간을 잡아야 한다는 것을 알고 있었다.

사내 한 명이 손을 들어올린 듀크 레이얼의 몸을 재빨리 검색했다.

거구의 몸집과는 어울리지 않을 정도로 듀크 레이얼의 몸을 검색하는 속도는 무척이나 빨랐다.

옆구리와 등 그리고 양쪽 다리를 비롯해 마지막으로 손등으로 듀크 레이얼의 사타구니 쪽까지 빠짐없이 검색한 이후 머리를 끄덕였다.

"알고 있어. 안에서 보스가 기다리고 계시니 들어가 봐."

얼굴의 근육을 움직이지 않고 거의 입술만 움직이는 듯한 표정이었기에 사뭇 기괴한 모습이었다.

뉴크 레이얼은 그런 사내의 특징을 알고 있는 것인지 사내의 어깨를 손으로 툭 쳤다.

"좀 웃으면서 말해. 존, 언제 봐도 이런 모습은 괴물 같다니까."

말을 하던 듀크 레이얼의 얼굴이 조금 굳어졌다.

사내의 어깨를 두드리는 자신의 손끝에 사내가 양복 안쪽에 걸치고 있는 홀스터의 하네스가 만져졌기 때문이다.

아마 지금 존이라 불린 검은 얼굴의 사내 양쪽 옆구리에는 우악스런 사내의 손이 작게 보일 것 같은 무시무시한 머신건이 걸려 있을 것이 분명했다.

존이라 불린 사내가 힐끗 듀크 레이얼을 바라보며 입을 열었다.

"한 번만 더 내 몸에 손을 대면 그때는 네가 보스의 신임을 받고 있는 회계사라고 해도 이마에 구멍을 뚫어주지. 그리고 돈은 넉넉하게 가져왔기를 바란다. 흰둥아."

역시 얼굴근육을 움직이지 않고 입술로만 말하는 듯한

존이라는 사내였다.

존이 말한 돈은 킹덤의 보스인 마이클 할버레인과 개별적으로 만나려면 반드시 그에 상응하는 대가를 지불해야 한다는 것을 의미했다.

그는 지금 보스인 마이클 할버레인과 약속한 듀크 레이얼이 조직과 관련된 일이 아닌 개인적인 면담이라는 것을 알고 있었기에 돈을 언급한 것이다.

자신의 시간을 뺏기 위해서는 면담을 청한 상대도 상응한 대가를 치러야 한다는 마이클 할버레인이 만든 원칙이었다.

존 잭슨.

킹덤의 보스인 마이클 할버레인의 최측근 친위로서 마이클 할버레인이 움직일 경우 최선봉에서 그를 경호하는 자였다.

그런 만큼 지금 보스의 시간을 뺏는 듀크 레이얼에게 은밀하게 압박하는 것이다.

듀크 레이얼이 약간 놀란 얼굴로 머리를 끄덕였다.

"아, 알았어. 미안해 존."

말을 마친 듀크 레이얼이 살짝 이마를 숙이고 이내 루시드의 문으로 향했다.

존 잭슨이라는 사내와 다른 한 명의 사내는 안으로 들어가는 듀크 레이얼은 바라보지도 않은 채 계속 앞쪽만 바라

보고 있었다.

아마 킹덤의 보스인 마이클 할버레인이 루시드를 떠날 때 까지 지금과 같은 모습으로 서 있을 것이 분명했다.

듀크 레이얼이 살짝 뒤를 돌아보았다가 이내 머리를 흔들며 루시드의 문을 열고 들어섰다.

문을 여는 순간 문의 양쪽 옆에 서 있던 것으로 보이는 두 명의 사내가 듀크 레이얼의 곁으로 바짝 다가섰다.

이미 그들은 듀크 레이얼이 도착한 것을 알고 있었던 듯했다.

하긴 루시드의 안쪽에는 루시드의 외부를 살펴볼 수 있는 CCTV가 설치되어 있었으니 듀크 레이얼이 도착한 순간 모두 알 수 있었을 것이다.

듀크 레이얼의 양쪽으로 다가선 사내들은 문밖의 존 잭슨과 같은 분위기를 가진 거구의 사내들이었다.

평소의 루시드 분위기는 루시드를 방문한 뮤지션들과 약에 취한 타락한 군상들이 뱉어내는 열기로 만들어진 묘한 공기로 채워졌지만 지금은 무척이나 조용했다.

듀크 레이얼의 얼굴에 살짝 불안한 표정이 떠올랐다가 지워졌다.

가게 안으로 들어선 듀크 레이얼은 자신을 향하는 수십 개의 시선을 느꼈다.

조명은 모두 꺼진 듯 어두웠지만 자신을 향하는 시선은

감각만으로도 감지할 정도였다.

"따라와. 보스가 기다리신다."

검은 얼굴의 사내가 차가운 목소리로 듀크 레이얼의 팔을 살짝 당겼다.

듀크 레이얼이 흠칫하다 이내 걸음을 옮겼다.

루시드는 뉴욕이 세계 최고의 대도시로 알려지기 이전에 세워진 것을 증명하듯 건물 자체가 붉은색의 단단한 벽돌로 지어졌다.

증축과 개축을 반복하면서 건물 외곽의 모습은 조금 변형되었지만 안쪽은 과거에 처음 루시드의 건물을 세울 때 모습 그대로 보전되어 있었다.

그 때문에 가게 안쪽은 벽돌로 만들어진 아치형의 동굴과 같은 밀실이 길게 이어져 있었다.

불빛이 밝혀진 곳은 외부에서는 전혀 위치를 감지할 수 없을 것 같은 아치형의 동굴과 같은 곳이었다.

붉은색의 식탁보가 깔려 있는 테이블이 놓여 있는 동굴의 안쪽에는 흰색의 양복을 걸친 검은색의 비대한 체격의 사내가 앉아 있었다.

불이 켜진 공간을 제외한 어둠으로 가려진 다른 공간에는 수십 명의 사내들이 앉아 있는 것이 느껴졌다.

술을 마시고 있었던 것인지 테이블 위에는 깔끔하게 정돈된 과일접시를 비롯해 라벨이 확인되지 않는 와인 병과

반쯤 비워진 와인 잔들이 놓여 있었다.

비대한 체구의 사내의 양쪽 옆에는 두 명의 늘씬한 금발 여인들이 앉아서 듀크 레이얼을 바라보고 있었다.

듀크 레이얼을 데려온 사내 한 명이 불이 켜진 벽돌공간에 앉아 있는 거구의 사내를 바라보며 입을 열었다.

"도착했습니다, 보스."

사내가 소개를 하자 듀크 레이얼이 거구의 사내를 보며 정중하게 인사를 했다.

"오랜만에 뵙습니다. 보스."

듀크 레이얼의 말에 거구의 사내가 얼굴을 들었다.

"오랜만이군 듀크."

약간 쉰 목소리를 지닌 비대한 체구의 사내의 눈이 번득였다.

순간 듀크 레이얼의 등에 서늘한 한기가 느껴질 정도로 너무나 섬뜩한 시선이었다.

흰색 양복을 걸친 이 비대한 체구의 남자가 뉴욕의 암흑가 황제라고 불리는 킹덤의 보스 마이클 할버레인이었다.

말을 마친 마이클 할버레인이 테이블 위의 와인 잔을 손으로 잡았다.

두툼한 그의 손에는 한눈에 보아도 무겁게 느껴질 정도로 무식한 황금반지가 끼워져 있었다.

그의 손가락 관절 하나가 모두 황금으로 보일 정도로 큼직한 반지였다.

마이클 할버레인이 이내 와인 잔을 입으로 가져가며 입을 열었다.

"안쪽으로 들어와 앉게."

"예. 감사합니다 보스."

듀크 레이얼은 자신의 이마에서 진땀이 맺히고 있다는 것을 모를 정도로 긴장하고 있었다.

듀크 레이얼이 이내 마이클 할버레인이 앉아 있는 자리와 마주보는 곳에 앉았다.

그를 안내한 자들이 몸을 돌려 어둠 속으로 조용히 물러섰다.

와인을 한 모금 들이켠 마이클 할버레인의 입으로 그의 양쪽 옆에 앉아 있던 금발의 여인들이 재빨리 과일을 들어 건넸다.

마이클 할버레인은 그저 입만 벌려 왼쪽에 앉은 여인이 밀어 넣어 주는 포도 한 알을 입안으로 넣고 씹었다.

"우득."

마이클 할버레인의 입안에서 포도씨가 깨어지는 소리가 들렸고 그것이 조용한 공간을 섬뜩하게 울리는 느낌이었다.

마이클 할버레인이 포도를 삼키며 입을 열었다.

"그래. 어떤 일이기에 굳이 나에게 꼭 만나고 싶다고 했

는지 말해보게. 내가 흥미를 가질 만한 일이라면 자네와의 만남에 할애된 이 시간에 대한 보수는 취소해주지."

사업적 비즈니스가 아닌 개인적인 일로 마이클 할버레인과 대면하려면 마이클 할버레인에게 1분당 10만불이라는 대가를 지불하는 것을 의미하는 말이었다.

듀크 레이얼도 잘 알고 있었지만 지금까지 듀크 레이얼이 마이클 할버레인을 만났던 것은 그의 자금을 관리해 주는 비즈니스였기에 돈을 지불할 이유가 없었다.

하지만 지금은 마이클 할버레인의 자금관리를 이유로 만나는 것이 아닌 지극히 개인적인 일이었기에 대가를 지급해야만 했다.

듀크 레이얼이 굳은 얼굴로 입을 열었다.

"보스께서도 제 말을 들어보시면 꽤 흥미를 느낄 만한 일입니다."

"그래?"

마이클 할버레인이 두툼해 보이는 턱살을 들어올리며 듀크 레이얼을 바라보았다.

잠시 듀크 레이얼을 바라보던 마이클 할버레인이 물었다.

"내가 흥미를 느낄 만한 일이 뭔지 말해보겠나?"

듀크 레이얼이 머리를 끄덕였다.

"제가 은행 일을 그만둔 것은 아시지요?"

마이클 할버레인이 머리를 끄덕였다.

"알고 있어. 뭐 듀크 자네가 은행 일을 그만두었다고 해도 내 자금이나 계좌관리에는 영향이 없으니 상관없는 일이지만."

듀크 레이얼이 마이클 할버레인을 처음 만나게 된 것은 그가 뉴욕은행에서 근무할 때였다.

한번 맺은 마이클 할버레인의 자금관리는 은행 일을 그만둔 지금도 계속하고 있는 중이었다.

마이클 할버레인이 자신의 자금사정을 속속들이 알고 있는 듀크 레이얼을 그냥 놓아줄 사람이 아니었기 때문이다.

만약 단 한 번이라도 실수가 일어난다면 듀크 레이얼 역시 뉴욕 외곽에서 새로운 희생자를 기다리고 있을 폐목분쇄기로 직행하게 될 것이다.

듀크 레이얼이 약간 상기된 얼굴로 말을 이었다.

"은행 일을 그만두게 된 이유는 아버지가 운영하시는 회사로 이직을 하기 위해서였습니다."

마이클 할버레인의 이마가 좁혀졌다.

"듀크 자네의 입으로 자네의 부친이 꽤 큰 회사에 다니는 회사원이라는 말을 들었는데, 단순하게 직장을 다니는 회사원이 아닌 직접 운영을 하시는 분이셨나?"

마이클 할버레인은 자신의 자금관리를 맡긴 듀크 레이얼에게 가족사항을 물어본 적이 있다.

그때 듀크 레이얼은 아버지 로빈 레이얼이 회사원이라는 말만 했을 뿐이었다.

그것을 기억하고 있는 마이클 할버레인으로서는 새로운 사실을 알게 되었다는 듯이 살짝 놀란 얼굴이었다.

듀크 레이얼의 어금니가 잘근 깨물어졌다.

"실은 아버지는 그동안 큰아버지가 설립하신 회사를 큰아버지 대신 운영하시고 계셨습니다."

"흠, 그게 내가 흥미를 가질 만한 일이라고 생각하나?"

기업이든 회사든 복잡한 것은 싫어하는 마이클 할버레인이었다.

마약이나 매춘, 무기밀매 같은 성과가 직접 눈에 보이고 바로바로 느낄 수 있는 단순한 것이 마이클 할버레인의 직성이었다.

듀크 레이얼이 마이클 할버레인을 바라보며 입을 열었다.

"혹시 보스께서는 레이얼 시스템이라는 회사 이름을 모르시진 않으시겠지요?"

"레이얼 시스템?"

미국에서 레이얼 시스템이라는 이름을 가진 기업체를 모르는 사람은 없을 것이다.

마이클 할버레인이 눈을 껌벅이며 듀크 레이얼을 바라보았다.

"레이얼… 그렇군. 듀크 레이얼. 자네 가문의 이름이 레이얼이었지. 내가 왜 그것을 생각하지 못했지?"

마이클 할버레인은 그동안 듀크 레이얼이 레이얼이라는 성을 사용하는 것을 알았지만 그것이 레이얼 시스템과 연관이 있는 이름이라곤 꿈에도 생각하지 못하고 있었다.

레이얼 시스템이라는 엄청난 대기업을 가진 레이얼 가문의 자식이 뉴욕에서 일개 은행원으로 일하고 있을 것이라곤 생각하지 않았기 때문이다.

레이얼 시스템이라는 회사는 총 자산이 자신과는 비교도 할 수 없는 4,000억 달러에 이를 정도로 엄청난 대기업이었다.

그런 기업의 후예가 듀크 레이얼이었다는 것에 마이클 할버레인이 무척 놀랐다는 시선으로 듀크 레이얼을 다시 바라보았다.

듀크 레이얼이 입을 열었다.

"레이얼 시스템은 저의 아버지의 형님이신 토마스 레이얼 회장이 창업한 곳이지요. 저에겐 큰아버지가 되는 분이십니다."

마이클 할버레인이 눈을 깜박이며 듀크 레이얼을 바라보았다.

"그러니까 그 레이얼 시스템이라는 곳이 자네 아버지가 다니시던 회사였단 말이지?"

듀크 레이얼이 빙긋 웃었다.

"얼마 전까지만 해도 아버지는 레이얼 시스템의 부회장이셨지요. 큰아버지를 대신해서 그곳을 운영하셨습니다."

마이클 할버레인이 이를 드러내며 웃었다.

"허허 내가 그런 대기업 가문의 후예를 일개 회계사로 데리고 있었단 말이군? 근데 그것을 왜 지금 나에게 털어놓는 것인가?"

마이클 할버레인은 듀크 레이얼이 장담한 대로 그의 말에 조금씩 흥미가 생기고 있는 자신을 발견했다.

듀크 레이얼이 잠시 마이클 할버레인의 얼굴을 바라보다가 입을 열었다.

"레이얼 시스템의 경영주이셨던 저의 큰아버지 토마스 레이얼 회장이 혈액암 말기판정을 받아 죽어가고 있었습니다. 다만 이것은 외부에는 잘 알려지지 않았던 일이었습니다. 아버지는 큰아버지가 혈액암으로 임종을 맞이하시면 차기 레이얼 시스템의 회장으로 부임할 생각이셨지요."

듀크 레이얼의 말에 마이클 할버레인의 입이 살짝 벌어졌다.

"레이얼 시스템의 총수가 혈액암 말기였단 말인가?"

아무리 할렘가 출신의 암흑가 보스라고 해도 혈액암이라

는 질병이 얼마나 무서운 병인지 모를 리 없었다.

혈액암에서 완치가 되었다는 말도 들어본 적이 없었고, 더구나 말기의 혈액암이라면 신의 도움이 없다면 회생이 불가능하다는 것도 알고 있었다.

듀크 레이얼이 입을 열었다.

"보스도 알고 계시다시피 혈액암은 전 세계의 의사들을 다 끌어 모아서 치료를 한다고 해도 결코 완치되지 않는 무서운 병입니다. 더구나 큰아버지의 상태는 회생이 절대적으로 불가능한 말기의 혈액암이었지요. 큰아버지의 주치의도 그저 큰아버지의 통증만 줄어들게 해 줄 수 있을 뿐 암을 극복하는 완벽한 치료는 불가능하다고 했었습니다. 할 수 있는 것은 천천히 죽어가던 큰아버지의 임종만 기다리고 있을 뿐이었지요."

마이클 할버레인이 놀란 듯 눈에 힘을 주며 듀크 레이얼을 바라보았다.

"나에게 그런 말을 하는 이유가 뭐지?"

마이클 할버레인의 눈이 번득이며 듀크 레이얼을 쏘아보듯 바라보았다.

듀크 레이얼이 잠시 머뭇거리다 입을 열었다.

"그런 큰아버지가 완벽하게 혈액암 완치판정을 받았습니다."

"뭐라고?"

마이클 할버레인의 눈이 커졌다.

듀크 레이얼이 말을 이었다.

"큰아버지의 주치의가 절대로 불가능하다고 장담한 혈액암이 완치된 겁니다. 큰아버지가 돌아가시면 차기 레이얼 시스템의 회장 자리에 오를 것이라고 생각하셨던 저의 아버지로서는 기막힌 반전에 뒤통수를 맞은 격이었습니다. 아버지가 레이얼 시스템의 회장에 부임하시면 아버지와 저는 레이얼 시스템을 매각해서 이곳 맨해튼에 새로운 금융그룹을 창업할 계획이었는데 그 계획이 틀어지게 된 겁니다."

마이클 할버레인의 표정이 굳어졌다.

"새로운 금융그룹?"

듀크 레이얼이 살짝 머리를 흔들었다.

"보스께서는 현재의 레이얼 시스템이라는 회사의 가치가 어느 정도라고 생각하십니까?"

마이클 할버레인이 눈을 껌벅였다.

그로서는 대기업인 레이얼 시스템의 기업 가치를 어느 정도라고 생각조차 해 본 적이 없었다.

"글쎄. 나 같은 사람이 그런 계산을 할 이유가 있겠나?"

듀크 레이얼이 살짝 웃으면서 입을 열었다.

"정확하게 산출된 금액은 현재의 기준으로 4,000억 달러의 가치를 지닌 기업으로 평가됩니다."

순간 마이클 할버레인의 입이 쩍 벌어졌다.

"4,000억불?"

자신은 고작 2억 달러도 되지 않는 돈을 챙기기 위해서 회계사를 포함해 수많은 측근과 부하들을 곁에 거느리고 있었는데, 정작 자신의 회계사 역할을 하고 있는 듀크 레이얼은 아무렇지 않게 2,000배에 가까운 천문학적인 금액을 말하고 있었다.

듀크 레이얼이 다시 입을 열었다.

"그런 엄청난 돈이 아버지와 저의 수중에 들어오려던 순간 모든 것이 수포로 돌아가게 된 겁니다."

마이클 할버레인이 굳은 얼굴로 물었다.

"자네의 큰아버지의 병이 어떻게 치료가 된 것인가?"

듀크 레이얼이 나직하게 입을 열었다.

"동양의 한국이라는 작은 나라에서 온 두 명의 의사들이 큰아버지의 병을 완벽하게 치료해 버린 것이었습니다. 더구나……."

듀크 레이얼이 잠시 말을 끊었다.

마이클 할버레인의 눈썹이 꿈틀거렸다.

"동양의 한국?"

듀크 레이얼이 머리를 끄덕였다.

"그렇습니다. 정확하게 말하자면 한국에서 건너온 젊은 남녀 의사 두 명이 큰아버지를 다시 살려낸 것이지요. 그

뿐만 아니라 저도 상상하지 못했던 일까지 이뤄냈는데, 큰
아버지와 큰어머니를 병의 치료뿐만 아니라 훨씬 젊어진
모습으로 만들어 놓았습니다."

마이클 할버레인의 미간이 좁혀졌다.

"그게 무슨 소린가? 병을 치료하고 젊어지게 만들다
니?"

"보스께서도 직접 보지 않는다면 믿지 못하실 것입니다.
저의 아버지도 형님이신 큰아버지가 그렇게 젊어진 모습
으로 회복한 것을 직접 보시고 친형님이라는 것을 한동안
믿지 못하셨을 정도였으니까요."

듀크 레이얼의 말에 마이클 할버레인이 입을 벌렸다.

"병을 치료한 것뿐만 아니라 젊어지게 만들었다고?"

듀크 레이얼이 머리를 끄덕였다.

"지금의 제 나이와 그렇게 차이가 나지 않을 정도로 젊어
지신 큰아버지와 큰어머니셨습니다."

"허허 그걸 지금 나보고 믿으라고?"

마이클 할버레인은 듀크 레이얼의 말이 믿어지지 않았
다.

듀크 레이얼이 잠시 마이클 할버레인을 바라보다가 입을
열었다.

"믿지 않으셔도 좋습니다만 제가 보스께 연락을 드려서
이렇게 만나자고 한 것은 보스께서 그 두 명의 한국의사들

을 잡아주셨으면 좋겠다는 말씀을 드리고 싶어서입니다. 그리고 저의 아버지께서 레이얼 시스템의 회장에 다시 복귀하게 되면 그때 보스의 도움을 절대로 잊지 않을 것입니다. 물론 그에 상응하는 보수도 보스께 당연하게 지급하겠습니다."

듀크 레이얼의 말을 듣던 마이클 할버레인이 손을 들어 올렸다.

"잠깐, 그러니까 듀크 자네가 말한 그 한국에서 온 동양인 의사들을 지금 나보고 잡아달라는 말인가? 그리고 자네 아버지가 레이얼 시스템의 회장에 복귀하다니 그게 무슨 소린가? 방금 자네 입으로 레이얼 시스템의 회장인 자네 큰아버지가 혈액암에서 완치가 되었다며? 그것도 훨씬 젊어진 모습으로 말이야."

듀크 레이얼이 잠시 망설이다가 입을 열었다.

"큰아버지와 저의 아버지 사이에는 절대로 깨어지지 않을 하나의 계약이 존재합니다. 만약 큰아버지가 불의의 사고나 예상치 못한 사태로 레이얼 시스템의 회장직을 수행하지 못하게 되었을 경우 레이얼 시스템의 경영권과 회장 자리는 친동생인 저의 아버지가 그 직을 승계 받도록 되어 있지요. 레이얼 가문의 사람이 아닐 경우 절대로 레이얼 시스템의 경영권에 접근하지 못하게 만든 계약이었습니다."

마이클 할버레인의 얼굴이 딱딱하게 굳었다.

"그러니까 이미 혈액암이 완치된 자네 아버지의 친형인 현재의 회장에게 무슨 변고가 생길 경우 자네의 아버지가 레이얼 시스템의 회장이 된다는 말인가?"

듀크 레이얼이 눈을 질끈 감았다.

듀크 레이얼은 마이클 할버레인의 손을 빌려 한국에서 온 젊은 의사남녀를 몰래 잡아오려고 계획을 했다.

그런데 어쩌다 보니 아버지가 품고 있는 의중을 털어놓는 황당한 실책까지 저지르고 있음을 깨달았다.

잠시 눈을 질끈 감았던 듀크 레이얼이 어금니를 꾸욱 깨물었다.

"큰아버지가 완쾌되었다고 하지만 아직 나중 일은 모르니까요."

듀크 레이얼의 말에 마이클 할버레인이 하얀 이를 드러내며 웃었다.

비대한 체구의 마이클 할버레인의 미소는 그야말로 온몸에 소름이 돋을 정도로 섬뜩했다.

"듀크 자네가 무슨 생각을 하는지 알겠군 그래. 후후. 그런데 그저 한국에서 온 젊은 의사 두 명을 잡아오는 그런 하찮은 일이라면 굳이 나에게 말하지 않고도 일을 시킬 놈들이 많을 텐데… 여기 할렘주변만 뒤져도 몇 푼의 돈만 건네주면 한국에서 온 그 젊은 남녀의 목을 따올 벌레같은 놈들이 득실거린다는 것을 알지 않나? 그런데 자네가 굳이 나에게 이런 일을 털어놓는 것은 내가 알지 못하는 다른 의도가 숨어 있다는 뜻으로 들리는데?”

어둠 속에서 마이클 할버레인이 날카로운 눈빛을 번득이며 듀크 레이얼을 쏘아보았다.

듀크 레이얼이 잠시 말을 멈추었다.

잠시 갈등하던 듀크 레이얼이 입을 열었다.

“한국에서 온 그 젊은 의사들을 통해서 알고 싶은 게 있기 때문입니다.”

마이클 할버레인의 눈에 살짝 이채가 떠올랐다.

“알고 싶은 것?”

마이클 할버레인의 날카로운 눈빛이 다시 듀크 레이얼에게 향했다.

듀크 레이얼의 얼굴이 시뻘겋게 달아올랐다.

마이클 할버레인이 또다시 이를 드러내며 웃었다.

“내게 숨기는 것이 있군?”

“그게…….”

듀크 레이얼은 큰아버지의 저택에서 마주쳤던 한서영의 얼굴을 머리에 떠올렸다.

자신이 한서영이란 한국여자를 마음에 담았다는 말은 차마 할 수가 없었다.

자신을 상대로 한발도 물러서지 않고 도도한 모습으로

쏘아보던 판타지 신화속의 엘프같은 몽환적인 이미지의 한서영이었다.

그는 김동하와 한서영을 데려와 큰아버지가 혈액암에서 회복하게 된 상세한 내용을 알아내고, 또한 큰아버지와 큰어머니가 젊어진 이유를 캐내고 싶었다.

만약 그들에게 세상 누구도 가지지 못한 특별한 능력이 있다면 영원히 자신과 아버지의 옆에서 노예처럼 묶어둘 심산이었다.

그들만 옆에 있다면 아버지와 자신은 필요할 때마다 젊어질 수 있을 것이라는 생각이 들었기 때문이었다.

더구나 한서영과 같은 미모의 동양여인이라면 서양여인과는 또 다른 느낌으로 침대 위에서 뜨거운 밤을 즐길 수 있을 것이라고 생각했다.

하지만 그것을 모두 마이클 할버레인에게 털어놓을 수는 없었다.

듀크 레이얼이 갈등하는 모습을 보이자 마이클 할버레인이 웃음을 터트렸다.

"하하하 나에게도 털어놓지 못할 비밀이 있을 줄은 몰랐군 그래. 뭐 말하지 않겠다면 말하지 않아도 좋아. 다만……."

마이클 할버레인이 듀크 레이얼을 쏘아보며 입을 열었다.

"내가 자네와 자네의 아버지를 도와 레이얼 시스템을 차지하게 해준다면 그 대가는 톡톡히 치러야 할 거야. 물론 자네가 말한 그 한국에서 온 동양원숭이들도 자네 앞에 데려다 주도록 하지. 뭐 믿지는 못하겠지만 자네의 큰아버지의 혈액암을 치료하고 다시 젊어지게 만들었다고도 하니 나도 그 한국산 원숭이들이 어떤 존재들인지 궁금해졌어. 난 궁금한 것은 못 참으니까 말이야. 하하."

듀크 레이얼이 얼굴을 들어 마이클 할버레인을 바라보았다.

살이 쪄서 터질 것처럼 부풀어 오른 마이클 할버레인의 얼굴에 가득 떠올라 있는 것은 엄청난 탐욕이었다.

듀크 레이얼의 얼굴이 딱딱하게 굳어졌다.

그저 부하들을 시켜 한국에서 온 두 명의 젊은 남녀의사를 잡아와 자신에게 건넬 것이라고 생각했다.

그런데 마이클 할버레인은 그 의사들과 직접 대면을 할 생각이라는 것을 깨달았다.

그리고 그것은 듀크 레이얼이 한서영을 차지하려는 계획에 어긋나는 상황을 만들 것이 분명했다.

마이클 할버레인이 한서영과 대면하는 순간 어떤 일이 벌어질지 너무나 잘 알고 있는 듀크 레이얼이었다.

그는 이 세상에서 색정가로서 마이클 할버레인을 능가할 사람이 없다고 생각했다.

마이클 할버레인은 매일 여자를 품으며, 자신의 말을 듣지 않는 여자는 얼굴의 형체를 누구도 알아볼 수 없게 부수어 할렘가의 뒷골목이나 허드슨강의 강변에 버렸다.

지금 마이클 할버레인의 옆에 두려운 표정으로 앉아 있는 두 명의 여자들도 그런 마이클 할버레인의 성격을 알기 때문에 살기 위해서 어쩔 수 없이 그의 수발을 드는 것이다.

그런 마이클 할버레인이 한서영과 같은 여인을 그냥 내버려 둘 리가 없었다.

그것은 듀크 레이얼의 계획에 어긋나는 일이었다.

듀크 레이얼이 굳은 표정으로 대답했다.

"그냥 한국에서 온 의사들은 저에게 넘겨주시는 것으로 마무리하시면 안 되겠습니까? 대가는 처음 보스께 말씀 드린 대로 아버지가 큰아버지 대신 레이얼 시스템의 회장 직을 승계하는 것이 확실해진다면 충분하게 치를 것입니다."

마이클 할버레인이 웃었다.

"날 움직이게 하는 대가는 제법 크다는 것은 자네도 알고 있겠지?"

"물론입니다. 일이 순조롭게 마무리가 된다면 보스에게 최소 500만불의 보수를 지급하도록 아버지께 말씀드려 보겠습니다."

듀크 레이얼의 말이 끝나는 순간 마이클 할버레인의 미간이 좁혀졌다.

"1,000만불?"

듀크 레이얼이 머리를 들어 마이클 할버레인을 바라보며 입을 열었다.

"그 정도의 보수면 충분하다고 생각합니다. 보스께서 운영하시는 매춘사업의 한 달치 매출액보다 두 배나 큰 액수니까요."

마이클 할버레인이 운영하고 있는 매춘사업의 규모를 듀크 레이얼보다 잘 알고 있는 사람도 드물 것이다.

그의 모든 자금을 관리해주는 사람이 바로 듀크 레이얼이었기 때문이다. 그 때문에 매춘사업의 내역까지 세밀할 정도로 정확하게 파악하고 있었다.

마이클 할버레인이 마약이나 무기거래 같은 은밀한 거래를 제외하고 뉴욕 할렘가를 비롯해 뉴욕 전역에서 매춘사업만으로 벌어들이는 돈은 한 달에 500만불 정도였고, 어쩔 때는 그보다 조금 상회하거나 모자라는 수준이었다. 그런 상황에서 1,000만불의 보수를 제의하는 것은 상당한 거액의 보수라고 생각했다.

마이클 할버레인의 돈에 대한 집착은 누구보다 잘 알고 있기에 단 한 푼도 그를 속이거나 감추지 않고 그의 자금을 관리해 주었던 듀크 레이얼이었다. 마이클 할버레인이

잠시 말을 멈추고 듀크 레이얼을 쏘아보았다.

"자네의 아버지를 레이얼 시스템의 회장으로 만들어 주는 대가가 1,000만불이라는 말인가? 4,000억불이 넘는 거대한 기업을 자네와 자네의 아비에게 통째로 넘겨주는 대가가 고작 1,000만불? 듀크 자넨 날 참 쉽게 생각하고 있었나보군?"

순간 듀크 레이얼의 등에 진땀이 흘렀다.

"보, 보스."

마이클 할버레인이 검은 얼굴에 하얗게 이를 드러내며 웃었다.

"흐흐 자네와 자네 아비는 손에 피 한 방울 묻히지 않고 4,000억불이 넘는 거대한 기업을 차지하게 될 기회를 주었는데 나한테는 고작 1,000만불이라니 우습군."

마이클 할버레인의 말에 듀크 레이얼이 이를 악물며 손을 움켜쥐었다.

지금 이 순간 듀크 레이얼은 자신이 엄청난 악수를 두었다는 것을 실감했다. 마이클 할버레인의 말대로 이곳 할렘에서 10,000불만 쥐어주고 한국에서 건너온 두 명의 의사들을 잡아오라는 청부를 한다면 그 의뢰를 받아들일 청부업자들로 할렘이 넘쳐날 것이다.

더구나 살려서 데려오지 않고 차라리 죽여서 데려오라고 하면 청부금은 더 낮아질 수도 있다.

그런 일을 자신이 엉뚱하게 마이클 할버레인을 끌어들임으로써 수습하지 못할 상황으로 만드는 악수를 두었음을 그제야 절감했다. 이제 와서 없었던 일로 할 수도 없고 그것을 받아들일 마이클 할버레인도 아니었다.

듀크 레이얼이 물었다.

"그, 그럼 보스께서는 얼마를 원하십니까?"

듀크 레이얼의 이마에 땀방울이 맺혔다.

마이클 할버레인이 비대한 턱을 떨면서 웃었다.

"자네와 자네의 아비가 차지할 레이얼 시스템의 가치가 4,000억불이라면 난 딱 그 10분의 1만 받지. 절반까지도 요구할 수도 있었지만 그 정도 선에서 마무리하는 것으로 내가 양보하겠어. 킹덤의 보스로서 그 정도 요구라면 무리라고 생각이 들진 않을 것 같군."

듀크 레이얼의 입이 벌어졌다. 4,000억불의 10분의 1이라면 400억불이라는 엄청난 거액이었다.

아버지인 로빈 레이얼이 승낙할 리도 없지만 당장에 그 정도의 자산을 만들어 내는 것도 힘들 것이었다.

말 그대로 지금 마이클 할버레인이 요구하는 것은 애초에 불가능한 요구였다.

"그건……."

듀크 레이얼의 얼굴이 하얗게 질려가고 있었다.

마이클 할버레인이 싸늘하게 웃었다.

"내가 제시한 조건이 마음에 들지 않나?"

"그런 결정은 제 마음대로 할 수가 없는 겁니다 보스."

듀크 레이얼이 창백한 얼굴로 마이클 할버레인을 바라보았다. 그의 얼굴은 백지장처럼 창백하게 변해 있었다.

"내가 이곳 할렘가에서 시작해서 킹덤의 보스가 될 때까지 그 어떤 것이든 내가 원하는 대로 이루지 못한 것은 없었어. 가끔 날 방해하려던 자들도 있었지만 이제 그런 놈들은 이 세상에 없지. 물론 듀크 자네도 잘 알고 있는 이야기일 거야."

마이클 할버레인이 웃으면서 말을 이었다.

"내가 제시하지. 자네의 큰아버지인 토마스 레이얼 회장은 혈액암이 재발되어 스스로 자살하게 될 거야. 물론 자네의 큰어머니와 그 식구들도 아버지의 뒤를 따라 스스로 목숨을 끊는 것으로 세상에 알려질 거야. 그렇데 되면 자네의 애비는 저절로 레이얼 시스템의 회장자리를 승계하게 되겠지. 즉 4,000억불짜리의 엄청난 대기업이 저절로 자네 아비의 손에 들어간다는 뜻이야. 물론 자네와 자네의 아비는 자네 큰아버지 가족에게 어떤 일이 일어날지 전혀 모르고 있었을 거야. 그리고 그 일이 마무리되면 서비스로 자네가 요구한 그 한국에서 건너왔다는 두 동양원숭이들은 손끝 하나 건드리지 않고 자네에게 넘겨주지. 어떤가?"

마이클 할버레인의 말에 듀크 레이얼의 눈이 질끈 감겼다. 빠져나갈 수도 없고 타협도 되지 않는 상황이 만들어졌다.

듀크 레이얼의 어금니가 꾸욱 깨물렸다.

지금의 이 상황을 아버지 로빈 레이얼에게 설명을 한다면 아마 자신은 아버지의 손에 맞아 죽든지 아니면 상황을 이렇게 만든 책임을 져야 할 것이다.

아마 결론은 뉴욕외곽의 킹덤 안가에서 기다리고 있는 마이클 할버레인의 상징과 같은 폐목분쇄기에 갈려 벌레들의 먹이가 되는 것으로 정해질 것이 분명했다.

아버지 로빈 레이얼이 마이클 할버레인의 조건을 절대로 수용하지 않을 것이기 때문이다.

듀크 레이얼로서는 상황이 이렇게 돌아갈 것이라곤 생각하지 못했던 자신의 아둔함이 너무나 후회가 되었다.

잠시 이를 악물고 눈을 감고 있던 듀크 레이얼이 창백한 얼굴로 머리를 들었다.

"보스께서 제시하신 조건을 수용하는 대신 두 가지의 조건이 있습니다."

듀크 레이얼이 자신의 조건을 수용한다는 것에 마이클 할버레인의 눈이 커졌다. 한순간에 킹덤의 보스로서 평생을 소원해도 만질 수 없는 엄청난 거금을 손에 쥐는 현실이 눈앞에서 이루어질 수 있는 순간이었기 때문이다.

실제로 그로서도 황당한 요구라고 할 수 있는 400억 불의 대가를 요구했지만 그것이 실제로 이루어진다고 생각하지는 않았다.

다만 자신의 명성과 잔인한 성품을 알고 있는 듀크 레이얼을 압박해 최소한 100억 불 정도라도 뜯어낼 심산이었다. 그런데 그가 요구한 400억 불의 대가가 그대로 받아들여진다면 그보다 더 훌륭한 사업은 없을 것이었다.

"그게 뭐지?"

마이클 할버레인의 눈이 번쩍였다.

듀크 레이얼이 입을 열었다.

"만약 보스께서 제가 제시한 조건을 어기는 상황이 오게 될 경우 보스께서는 요구하신 400억 불의 대가를 포기하셔야 한다는 계약을 킹덤의 보스로서 보스휘하의 킹덤 간부들이 지켜보는 가운데 저에게 해 주셔야 할 겁니다. 물론 계약서에 서명도 하셔야 하고요."

마이클 할버레인의 이마가 찌푸려졌다.

"내가 자네가 제시한 조건을 어길 경우라고?"

끄덕—

듀크 레이얼이 머리를 끄덕였다.

"물론입니다. 제가 제시한 조건은 반드시 이루어져야 그 계약은 유효할 겁니다."

"그 조건이라는 것이 뭐지?"

듀크 레이얼이 입을 열었다.

"조건은 간단하지만 두 가지입니다."

"두 가지라……."

마이클 할버레인의 얼굴이 신중해졌다.

두 사람이 대화를 나누고 있는 루시드는 숨소리 하나 들리지 않을 정도로 조용했다.

루시드의 안쪽에서 마이클 할버레인을 경호하는 킹덤의 경호원들과 늘 마이클 할버레인을 수행하는 킹덤의 간부들도 지금 보스와 듀크 레이얼이 나누는 대화를 숨소리조차 내지 못하고 지켜보고 있었다.

그저 보스의 자금관리를 맡아보던 평범한 은행원으로 알고 있었던 듀크 레이얼이 실제로는 세계 초일류의 첨단 시스템 설비분야의 선두주자라고 알려진 레이얼 시스템과 관련된 사람이었다는 것에 놀랐다. 이어 그가 보스와 400억불에 이르는 엄청난 규모의 거래를 진행 중이라는 것에 숨조차 제대로 쉴 수가 없는 상황이었다.

400억불짜리의 계약이 제대로 성사된다면 킹덤은 미국뿐만 아니라 전세계로 그 활동무대를 넓힐 수 있는 글로벌 조직으로 성장할 수도 있는 기회였다.

마이클 할버레인이 약간 상기된 얼굴로 물었다.

"어떤 조건인지 말해보겠나?"

듀크 레이얼이 입을 열었다.

"먼저 첫 번째 조건은 보스께 말씀드린 한국에서 건너온 두 명의 의사들을 온전하게 저에게 넘겨주는 것입니다. 행여 보스께서 마음이 바뀌어 그들에게 손을 대거나 욕심을 품으신다면 저와의 계약을 보스께서 어기는 것으로 간주하겠습니다. 킹덤의 보스가 스스로 약속한 계약을 어기는 것이 킹덤의 간부들에게 보인다면 킹덤으로서는 최악의 치욕이 될 겁니다."

마이클 할버레인이 웃었다.

"고작 그 동양원숭이 두 명에게 내가 욕심을 품을 것이라고 생각하다니 우습군."

듀크 레이얼이 정색을 한 얼굴로 입을 열었다.

"보스께서도 그 두 명의 의사들을 직접 대면하시면 마음이 달라질 수 있을 겁니다."

"다음 조건은?"

마이클 할버레인은 듀크 레이얼이 제시한 두 명의 의사를 건드리지 말라는 말이 우습고 하찮다고 생각했다.

마이클 할버레인으로서는 400억불이라는 거금이라면 두 명의 동양의사들을 아예 털끝 하나 건드리지 않고 그대로 듀크 레이얼에게 넘겨줄 수 있다고 생각했다.

마이클 할버레인이 첫 번째 조건을 수락하자 듀크 레이얼이 입을 열었다.

"두 번째 조건은……."

잠시 말을 끊은 듀크 레이얼이 망설이듯 머뭇거렸다.

마이클 할버레인이 재촉했다.

"두번째 조건을 말하게."

듀크 레이얼이 작심한 듯 머리를 끄덕였다.

"두 번째 조건은 큰아버지 토마스 레이얼과 마찬가지로 저의 아버지 로빈 레이얼을 함께 제거해 주셔야 합니다."

순간 마이클 할버레인의 눈이 동그랗게 변했다.

"뭐라고?"

듀크 레이얼이 창백한 얼굴로 입을 열었다.

"보스가 요구한 400억불이라는 보수를 지급하기 위해서는 어쩔 수 없습니다. 아버지께서는 회장직을 승계한다고 해도 절대로 보스가 요구한 조건을 수락하지 않을 것이고, 보스는 제가 거절할 경우 절 그냥 두지 않을 테니 어쩔 수 없이 이런 식으로 진행할 수밖에요."

마이클 할버레인이 눈을 껌벅이며 듀크 레이얼을 바라보았다.

"허허 그럼 자네가 레이얼 시스템의 회장이 되어야 한다는 생각을 한 것인가?"

듀크 레이얼이 머리를 끄덕였다.

"그 방법 외에는 보스께서 요구하신 보수를 지급할 다른 방법이 없으니까요. 제가 레이얼 시스템의 회장 직에 오르는 순간 보스께서 요구하신 400억불을 지급하지요."

"기가 막히는군."

듀크 레이얼이 창백한 얼굴로 입을 열었다.

"저의 조건은 이 두 가지입니다. 단 한 가지라도 보스께서 어길 경우 계약은 무효로 할 것입니다. 보스께서 저를 죽이신다고 해도 어쩔 수 없는 일이지요."

마이클 할버레인이 잠시 눈을 깜박이다가 입을 열었다.

"별로 어렵진 않는 조건이군."

마이클 할버레인이 싱긋 웃으면서 어둠으로 덮인 루시드의 안쪽을 보며 입을 열었다.

"클린트, 듣고 있었겠지만 나의 회계사인 듀크와 계약서를 작성할 것이다. 종이를 가져와라."

나직하고 묵직한 목소리가 울리자 어둠 속에서 명쾌한 목소리가 울렸다.

"알겠습니다. 보스."

약간 긴장한 듯한 목소리였다.

대답소리를 들은 마이클 할버레인이 어둠으로 가득한 루시드의 안쪽을 바라보다 이마를 찌푸렸다.

"찾아올 놈도 없는 것 같으니 불을 켜. 어둡게 지내는 것도 이제는 끝이다."

마이클 할버레인의 말이 떨어지는 순간 어둠 속에서 누군가 부산스럽게 움직였다. 이내 어둠에 잠겨 있던 루시드의 안쪽에서부터 불이 켜지기 시작했다.

파파파파팟—

순식간에 벽돌로 만들어져 있던 동굴과 같은 공간에만 불이 켜져 있었던 루시드가 대낮처럼 밝아졌다.

이내 불빛에 드러난 루시드의 모습은 그야말로 위압감이 느껴질 정도로 섬뜩했다.

루시드의 무대가 위치한 방향에 놓인 수십 개의 테이블에는 겨드랑이에 권총이 장전된 홀스터를 걸친 수십 명의 사내들이 킹덤의 보스인 마이클 할버레인과 그의 회계사로 알려진 듀크 레이얼이 대화를 하는 공간으로 시선을 던지며 앉아 있었다.

테이블 위에는 홀스터에서 빼낸 권총들이 놓여 있는 모습도 보였고 한쪽에는 수십 발의 탄환이 연속으로 발사되는 머신건까지 있었다. 그야말로 누군가와 전쟁을 하기 전의 상황처럼 두려운 풍경이었다.

모두가 킹덤의 보스인 마이클 할버레인을 수행하는 경호원들과 늘 그가 대동하는 킹덤의 중간보스들이었다. 그들 모두 상기된 얼굴로 보스 마이클 할버레인과 듀크 레이얼이 앉아 있는 벽돌동굴 공간으로 시선을 던졌다.

그들도 어둠 속에서 들려오던 마이클 할버레인과 듀크 레이얼의 대화를 모두 들었기에 지금 이 순간이 400억불이라는 천문학적인 금액이 걸려 있는 자리라는 것을 알고 있었다. 검은색의 양복을 입은 거구의 사내가 손에 두툼한

파일을 들고 급하게 마이클 할버레인이 앉아 있는 테이블로 다가섰다.

"여기 있습니다, 보스."

테이블에 공손하게 파일을 내려놓는 사내는 킹덤의 조직 관리를 총괄하고 있는 클린트 루먼이라었다.

킹덤 내부에서는 매그넘의 클린트라는 별명으로 불리는 클린트 루먼은 자신의 상징과도 같은 매그넘의 총알 6개를 20m가 넘는 거리에서 쏠 경우 모두 한자리에 들어갈 정도의 명사수였다.

할렘가의 구역전쟁에서 킹덤에 반기를 들었던 펄린조직의 보스 루카스 펄린의 이마 정중앙에 6발 모두를 쏘아 맞춰 사격실력을 인정받을 정도였다.

그가 조심스럽게 파일을 펼쳐 놓자 파일 안에는 킹덤이라는 로고가 박힌 하얀 종이가 놓여 있었다. 제법 종이의 재질도 고급스러웠고 종이의 좌우 면으로 기묘한 도형이 그려진 나름 중요한 내용을 작성할 서류 같았다.

파일을 펼쳐 놓은 클린트 루먼이 재빨리 서류 위에 자신의 만년필을 올려놓고 물러섰다. 마이클 할버레인이 듀크 레이얼을 바라보며 입을 열었다.

"자 계약서를 작성할 준비가 되었으니 자네가 말한 것을 쓰게."

마이클 할버레인의 말에 듀크 레이얼이 품에서 자신의

만년필을 빼 들었다. 이내 빠른 속도로 자신이 조금 전에 말했던 계약서를 쓰기 시작했다.

계약서는 모두 두 장이었기에 약간은 시간이 걸렸다.

잠시 후 모든 계약서를 다 쓴 듀크 레이얼이 작성된 계약서를 마이클 할버레인의 앞으로 밀어놓았다.

"두개를 모두 검토해 보시지요. 틀린 곳이 있다면 고치겠습니다."

듀크 레이얼의 말에 마이클 할버레인이 두 개의 계약서를 모두 검토했지만 토씨 하나 틀린 곳이 없이 똑같은 내용이었다.

"틀림없군."

"서명하시면 됩니다."

마이클 할버레인이 계약서를 검토한 것을 확인한 다음 듀크 레이얼이 자신의 앞에 놓인 계약서의 자신의 이름 쪽에 서명했다.

마이클 할버레인 역시 좀 전에 클린트 루먼이 내려놓은 만년필을 집어 들고 자신의 이름 쪽에 서명을 마쳤다.

두 사람이 서로의 서명을 마친 계약서를 서로 교환하자 그 장면을 보고 있던 킹덤의 조직원들 눈빛이 살짝 흔들리고 있었다.

서명을 마친 마이클 할버레인이 계약서를 한쪽에 서 있던 클린트 루먼에게 건네자 클린트 루먼이 이내 계약서가

든 파일을 가지고 한쪽으로 사라졌다.

계약서의 작성까지 마친 마이클 할버레인이 만족한 표정을 지으며 등을 느긋하게 소파의 뒤쪽으로 기댔다.

잠시 듀크 레이얼의 얼굴을 살펴보던 마이클 할버레인이 물었다.

"그런데 왜 그 한국에서 온 원숭이들을 건드리지 말라는 것이 첫 번째 조건이었는지 물어도 되겠나?"

듀크 레이얼이 잠시 멈칫했다. 하지만 이내 그가 계약서를 접어 품속에 갈무리하면서 입을 열었다.

"한국에서 온 남자의사는 저에게 다시 돌려보낸다는 약속만 해주시면 보스가 무슨 짓을 해도 별로 상관이 없지만 여자라면 다릅니다."

"뭐라고?"

마이클 할버레인의 눈이 번득였다.

듀크 레이얼이 씨익 웃었다.

"그 여자를 내 여자로 만들기 위해서입니다."

듀크 레이얼의 말에 마이클 할버레인이 머리를 갸웃했다.

"여자라면 얼마든지 구할 수 있을 텐데… 더구나 동양여자라면 말이야. 조만간 자네가 레이얼 시스템의 회장이 된다면 자네가 부러워할 것은 없을 것이 아닌가? 원하는 것은 무엇이든 가질 수 있고 가고 싶은 곳이 있다면……."

마이클 할버레인이 말을 하는 도중에 듀크 레이얼이 머리를 흔들었다.

"그 여자는 다릅니다."

"다르다고?"

마이클 할버레인은 듀크 레이얼이 고작 여자 하나 때문에 이런 계약서를 작성했다는 것이 이해가 되지 않았다. 듀크 레이얼이 잠시 눈을 굴렸다.

이미 마이클 할버레인과 계약을 마무리했기에 한서영이라는 존재를 마이클 할버레인에게 공개해도 상관이 없을 것이라고 생각했다. 잠시 머리를 굴리던 듀크 레이얼이 품에서 전화기를 꺼내었다.

레이얼가의 저택에서 큰아버지 토마스 레이얼의 병세를 치료하고 있던 주치의 그레이엄 존슨박사가 찍어서 보내온 한서영과 김동하의 사진이 들어 있는 전화기였다.

그가 한서영의 얼굴을 찾아서 마이클 할버레인에게 내밀었다.

"제가 말한 한국의 여자의사가 이 여잡니다."

마이클 할버레인이 듀크 레이얼이 내미는 전화기를 받아들었다. 그리고 전화기 속의 얼굴을 확인하는 순간 마이클 할버레인의 얼굴이 굳어졌다.

"이건……."

마이클 할버레인의 눈에 약간 놀란 듯 눈을 동그랗게 뜨

고 정면을 바라보고 있는 한서영의 얼굴이 떠올라 있었다.
오똑한 콧날과 탐스런 머리카락 그리고 눈부신 하얀 피부
를 가진, 그야말로 입이 벌어질 정도로 아름다운 여인이었
다. 듀크 레이얼이 머리를 끄덕였다.

"남자로서는 당연하게 욕심을 품을 만한 여자였지요. 전
아버지가 레이얼 시스템을 차지하고 나면 이 여자를 제 여
자로만 만들 생각뿐이었습니다. 그게 보스로 인해서 두 가
지를 모두 차지하게 되는 것으로 바뀌었지만 말입니다."

"그렇군. 사진 상으로 보는 것임에도 확실하게 놀라워."

그렇지 않아도 단 하루라도 여자를 품지 않으면 견디지
못할 정도의 호색광으로 알려진 마이클 할버레인이었다.
그런 그의 눈에 들어온 한서영은 너무나 아름다웠고 신비
로운 분위기까지 느껴질 정도였다.

듀크 레이얼이 입을 열었다.

"이왕 이렇게 된 것 저는 두 가지 모두 제 것으로 만들겠
습니다. 그리고 보스께서는 저와 확실하게 계약을 했으니
반드시 지켜줄 것이라고 생각합니다."

듀크 레이얼의 말에 마이클 할버레인이 웃었다.

"물론이야. 근데 한 가지 자네가 알아둘 것이 있어."

"그게 뭡니까?"

"세상의 모든 여자들이 본능적으로 선택하는 남자들이
어떤 부류인지 아나?"

"예?"

듀크 레이얼의 얼굴이 굳어졌다.

마이클 할버레인이 웃었다.

"세상의 모든 여자들은 자신을 지켜줄 강한 남자를 원해. 명예든 직위든 상관없이 자신을 오롯이 지켜주는 힘을 가진 강한 남자 말일세. 자네가 조건으로 내건 이 여자도 그럴 것이라고 생각하는데 어떤가? 난 이 여자를 건드리지 않겠지만 이 여자가 자신을 지켜줄 사람으로 나를 선택한다면 어쩔 것인가? 자네도 알다시피 난 이 할렘의 모든 것을 지배하고 있는 강한 남자이니 말이야. 하하하."

마이클 할버레인의 입가에 짙은 탐욕을 가득 담긴 미소가 떠올랐다. 듀크 레이얼의 미간이 좁혀졌다.

마이클 할버레인이 한서영을 건드릴 경우 계약은 무효가 되겠지만 만약 한서영이 자신을 지켜줄 대상으로 할렘가의 보스인 마이클 할버레인을 선택해서 자신에게 오지 않는다면 그것은 계약의 내용과는 무관한 일이 되는 것이기 때문이다.

마이클 할버레인이 웃으면서 입을 열었다.

"하하 난 듀크 자네에게 약속한 대로 이 여자를 건드리진 않을 거야. 하지만 아마 내 생각에는 이 여자가 날 선택해서 자네에게 가지 않을 것 같은데 어떻게 생각하나? 돈은 풍족함을 제공해 줄 수 있지만 듀크 자네를 지켜줄 힘을

건네진 않을 거야. 돈으로 그 힘을 살 수도 있을지 모르지만 그것도 어느 정도 한계가 있을 것이고."

말을 하는 마이클 할버레인의 눈이 번득였다.

그리고 그런 마이클 할버레인의 머릿속에는 절대로 틀리지 않을 무언가에 대한 확신이 있었다.

그것은 스스로가 이 세상에서 가장 강한 힘을 지닌 남자라고 스스로 자부하는 악취에 찌든 한 남자의 자부심이었다.

마이클 할버레인의 말에 듀크 레이얼이 멍한 얼굴로 마이클 할버레인의 얼굴을 바라보았다.

뉴욕 맨허튼의 할렘가의 밤이 깊어지면서 이제 거리는 인적마저 뜸해졌다. 듀크 레이얼은 킹덤의 보스인 마이클 할버레인과의 의도치 않았던 계약을 마치고 불편한 마음으로 할렘가를 떠났다.

최악의 경우 자신이 차지할 욕심을 부렸던 한서영을 스스로가 강한 남자라고 자처한 마이클 할버레인에게 뺏길 수도 있다.

그렇다고 해도 최소한 자신이 레이얼 시스템의 회장 자리를 차지할 수 있으니 스스로 위안을 보내었다.

뉴욕의 9월 마지막 날을 얼마 남기지 않은 목요일 밤의 밤이 깊어가고 있었다.

조선남자

朝鮮男子

-천능의 주인-

밤의 풍경

"두 분처럼 잘 어울리는 분들은 처음 봐요. 마치 하늘이
두 분의 연분을 따로 정해준 것 같다는 생각이 들 정도로
말이에요."

에이미 레이얼이 손에 든 찻잔을 테이블 위로 내려놓으
며 부드러운 시선으로 한서영과 김동하를 바라보았다.

한서영의 얼굴이 살짝 붉어졌다.

"고마워요."

자신과 김동하가 잘 어울리는 에이미 레이얼의 말에 이
상하게 부끄러움을 느끼는 한서영이었다.

다른 사람들에게도 같은 말을 들었지만 이상하게 에이미

의 말에 더 가슴이 콩닥거리는 느낌이었다.

한서영이 머리를 돌려 김동하를 바라보자 김동하의 얼굴은 생각보다 담담한 표정이었다.

한서영의 눈이 반짝였다.

에이미가 찰랑이는 금발을 손으로 쓸어 넘기면서 테라스에서 내려다보이는 저택의 정원으로 시선을 던졌다.

"이렇게 편한 마음으로 차를 마시는 것은 너무나 오랜만이에요."

부드럽게 말을 하는 에이미의 눈썹 아래로 눈썹그늘이 짙게 깔려 있었고 푸른빛의 두 눈은 별빛처럼 반짝이고 있었다. 하긴 아버지인 토마스 레이얼 회장이 암투병을 시작하면서 저택의 분위기가 을씨년스러울 정도로 정적에 잠겨 있었던 세월이었다.

집사인 피터 에반스 아저씨가 잠시도 쉴 틈을 주지 않고 저택을 찾아오던 손님들도 뚝 끊어졌다. 업무보고를 위해 저택을 방문했던 회사임원들도 삼촌인 로빈 레이얼 부회장으로 인해 저택의 방문을 금지 당했던 시간이었다.

그러던 저택의 분위기가 한국에서 방문한 두 명의 신의 권능을 가진 남녀로 인해서 너무나 달라졌다.

그것이 고맙기만 한 에이미 레이얼이었다.

한서영이 에이미를 보며 입을 열었다.

"이제 회장님과 어머님도 건강을 되찾았으니 에이미도

결혼을 해야 하지 않겠어요?”

결혼을 비롯해 남자에게는 관심을 가지지 않았던 에이미였지만 아버지 토마스 레이얼 회장이 혈액암으로 죽어가는 것을 보며 자신이 혼자라는 것을 처음으로 후회하기도 했다.

아버지에게 당신의 외손자라도 안겨주었다면 아버지의 회한을 조금이라도 줄어들게 할 수도 있었을 것이라고 생각한 그녀였다. 또한 자신에게 배우자가 있었다면 삼촌인 로빈 레이얼이 결코 아버지 몰래 회사를 그런 식으로 삼킬 생각을 하지 못했을지 모른다는 생각도 했다.

다만 지금까지 남자에게 관심이 없었던 자신이 누군가를 좋아하게 된다는 것과 그런 사람과 평생을 함께 한다는 것이 낯설기만 했다.

한서영의 말에 에이미의 얼굴이 살짝 붉어졌다.

“글쎄요. 언젠가는 하게 될지도 모르죠.”

말을 하는 에이미의 시선이 맞은편에 앉아서 물끄러미 어둠에 잠긴 저택의 풍경을 바라보고 있는 김동하를 슬쩍 훔쳐보았다. 한서영이 그런 에이미의 시선을 느끼며 재빨리 입을 열었다.

“에이미는 금발의 남자가 잘 어울릴 거예요.”

한서영은 에이미 레이얼이 김동하를 바라보자 묘한 불안감을 느꼈다.

에이미가 얇고 가지런한 치아를 드러내며 웃었다.

"전 제가 좋아하는 사람이 생긴다면 그 사람의 출신이 어디라고 해도 상관없어요."

에이미의 말에 한서영이 잠시 눈을 깜박이다가 머리를 끄덕였다.

"맞아요. 진심으로 좋아하는 사람이라면 출신 따위는 상관이 없겠지요."

에이미가 시선을 돌려 한서영을 바라보았다.

"근데 두 분은 어떻게 만나게 된 거예요?"

에이미가 한서영과 김동하를 번갈아 보았다.

김동하는 두 여자의 대화에는 전혀 관심이 없는 듯 담담한 시선으로 저택의 밤풍경을 감상하고 있었다.

한서영이 힐끗 김동하를 보다가 에이미 레이얼을 향해 입을 열었다.

"이 사람이 저를 찾아온 거예요. 에이미의 말처럼 하늘이 정해준 연분처럼 말이에요."

"닥터김이 닥터한을 찾아왔다고요?"

한서영이 생긋 웃었다.

김동하와 처음 만나게 된 사연을 제대로 설명한다면 에이미는 믿지 못할 것이라고 생각했다.

더구나 김동하가 지금으로부터 정확하게 500년 전의 시간을 살던 사람이라는 것은 그 어떤 설명으로도 그녀를 이

해시키는 것은 불가능하다는 것을 알고 있었다.

"네, 어느 날 정말 바람처럼 날 찾아왔어요. 나 역시 이 사람을 처음 본 순간 하늘이 맺어준 배필이라는 것을 알았죠."

"신기해요. 어떻게 그런 일이 있을 수 있는지."

에이미로서는 한서영의 말이 이해가 되지 않았지만 믿지 않을 도리가 없었다.

"만약 나에게도 그런 사람이 있다면 언젠간 내 앞에 나타날까요?"

한서영이 웃었다.

"물론이에요. 반드시 만나야 할 인연이라면 에이미가 기다리지 않아도 반드시 그 사람은 에이미를 찾아오게 될 거예요."

에이미 레이얼이 웃었다.

"보고 싶네요. 나에게도 그런 사람이 있다면 말이에요."

말을 하던 에이미가 다시 건너편에 앉아 있는 김동하의 얼굴을 슬쩍 훔쳐보았다.

동양인이지만 턱선이 선명하고 콧날이 반듯하여 참으로 잘생긴 얼굴이라는 생각이 드는 김동하였다. 그런 김동하와 너무나 잘 어울리는 한서영이 부러울 정도였다.

한서영이 또다시 에이미 레이얼이 김동하를 훔쳐보는 것을 느끼며 입을 열었다.

"며칠 동안 토마스 회장님의 상태를 좀 더 지켜보고 이상이 없다는 것을 확인하면 한국으로 돌아가서 이 사람과 결혼을 할 예정이에요. 그때는 에이미도 초대할게요."

한서영은 에이미가 자꾸만 김동하를 훔쳐보는 것이 마음에 걸려 아예 한국으로 돌아가는 즉시 김동하와 결혼식을 치를 것이라고 단언했다.

순간 에이미이 눈을 크게 뜨며 한서영과 김동하를 번갈아 바라보았다. 레이얼가의 저택 밤풍경을 구경하면서 무심코 듣고 있던 김동하도 한서영의 말에 놀란 듯 머리를 돌렸다.

"정말입니까?"

김동하의 입에서 흘러나오는 말은 한국어였기에 에이미로서는 알아들을 수 없었다. 한서영이 머리를 끄덕였다.

한서영의 입에서도 한국어가 흘러나왔다.

"그래 정말 동하랑 결혼식을 치러야 할 것 같아."

"갑자기 왜……."

김동하는 한서영이 자신이 대학을 졸업할 때까지 결혼식을 올리지 않겠다고 한 말을 기억하고 있었다.

그런 한서영이 갑자기 마음이 바뀐 것이 황당하다는 생각이 들었다. 한서영이 김동하를 바라보며 입술을 움직여 살짝 웃었다.

입술은 웃고 있지만 눈은 웃지 않은 말 그대로 억지스러

운 미소가 한서영의 얼굴에 떠올랐다.

"에이미가 자꾸만 동하를 훔쳐보는 것이 신경 쓰여 안 되겠어. 한국에 돌아간다고 해도 또 이런 일이 생긴다면 누구라도 동하에게 관심을 가지게 될 텐데 난 그 꼴 못 봐. 그냥 동하는 내 남자라는 것을 세상 사람들이 모두 알게 도장을 콱 찍어놔야 안심이 될 것 같아."

김동하의 눈이 커졌다.

"도장요?"

"그래. 한국으로 돌아가는 즉시 동하는 유부남이 될 거니까 그렇게 알고 있어. 결혼하고 나서 다른 여자에게 한눈 팔면 그땐 각오해야 할 거야."

웃으면서 말을 하는 한서영이었지만 말투는 까칠했기에 김동하의 표정이 멍해졌다. 한서영과 김동하가 겉으로 대화를 나누는 느낌은 부드럽고 온화했지만 그 이면에는 한서영의 특유의 고집이 깔려 있었음을 에이미는 눈치채지 못했다. 김동하가 머리를 긁적였다.

"생각지도 못했는데……."

"시끄러. 잔말 말고 그냥 내가 하자는 대로 해. 난 누가 내 거 넘보는 거 엄청 싫어하니까 알아서 하란 말이야."

한서영이 웃는 얼굴로 김동하를 보며 윽박질렀다.

김동하가 어쩔 수 없다는 얼굴로 머리를 끄덕였다.

"알겠습니다."

그때 에이미 레이얼이 끼어들었다.

"무슨 대화를 하고 계시는 거예요? 한국말이라 알아들을 수가 없어요. 저도 한국어 공부를 해야 할까 봐요."

한서영과 김동하가 대화를 나누고 있는 언어는 한국어였기에 에이미 레이얼로서는 단 한마디도 알아들을 수가 없었다. 다만 한서영의 입에서 자신의 이름이 언급되는 것을 들었기에 자신도 관여된 대화라고 짐작할 뿐이었다.

한서영이 머리를 돌려 에이미를 보며 웃었다.

"한국으로 돌아가 결혼식을 하게 되면 에이미에게 초대장을 보내야 한다고 말하던 중이었어요."

한서영의 설명에 에이미가 환하게 웃었다.

"그래요. 초대장을 보내 주시면 반드시 갈게요. 엄마와 아빠 모두 두 분의 결혼식에 반드시 참석하려 하실 거예요."

에이미의 입가에 너무나 부드러운 미소가 걸려 있었다.

에이미 레이얼의 입가에 떠오른 미소를 본 순간 한서영은 그제야 에이미의 관심이 김동하에게서 떨어졌다고 생각한 듯 마음속으로 안도했다.

누구든 김동하에게 천명의 권능이 있다는 것을 알게 된다면 반드시 김동하를 자신의 사람으로 만들 욕심을 부리게 될 것이다. 한서영은 이참에 아예 김동하를 영원히 자신의 곁에 속박해 놓을 욕심이 생겨났다.

에이미 레이얼이 더 이상 김동하에게 관심을 가지지 않게 될 것이라고 판단한 한서영의 얼굴에 예쁜 미소가 떠올랐다. 한서영은 김동하와 결혼을 하게 되면 김동하가 영원히 자신의 남자가 된다고 생각했지만 정작 자신이 김동하의 여자가 된다는 생각은 하지 못하고 있었다.

그리고 그것이 그녀에게 새로운 인생의 시작이 된다는 것도 실감하지 못했다.

살랑―

한낮의 따가운 열기가 사라진 9월의 마지막 주의 밤공기는 무척이나 선선한 바람을 품고 있었다.

살랑이는 밤바람이 게스트 룸의 테라스에 둘러앉은 세 사람을 부드럽게 어루만지며 지나갔다.

참으로 오붓한 밤의 풍경이었다.

에이미 레이얼이 이제는 식어버린 찻잔을 다시 들어 입으로 가져가 마신 후 테이블 위에 내려놓으면서 입을 열었다.

"내일부터 저택에서 일하시던 분들이 모두 돌아오실 거예요. 피터 아저씨가 그분들을 모두 다시 부르셨어요."

한서영이 머리를 끄덕였다.

"다행이네요."

"아마 내일 모두가 돌아오면 깜짝 놀랄 거예요. 아빠가 건강해지신 것과 엄마가 예전의 모습으로 돌아가신 것을 자신들의 눈으로 보는 것이니까 말이에요."

에이미는 내일 저택의 식구들이 다시 저택으로 돌아오게 되면 일어날 일들을 상상하며 묘한 미소를 머금었다.

"두 분에게도 저택식구들을 소개시켜 드릴게요."

한서영이 웃었다.

"호호 기대가 되는군요."

"그러니 서둘러 한국에 돌아가지 마시고 조금 더 여기서 머물러 주시면 어떨까요? 전 닥터한과 닥터김이랑 좀 더 함께 있고 싶어요."

에이미는 한서영과 김동하가 한국으로 돌아가는 것을 좀 더 늦춰주기를 진심으로 바라고 있었다. 두 사람과 이렇게 함께 있는 것만으로 지금까지 살아온 자신의 인생보다 더 행복하고 마음이 평안했기 때문이다.

한서영과 김동하는 토마스 레이얼 회장에게 천명을 돌려주고 난 이후 저택을 떠나 호텔에서 머물 생각이었다.

그러나 레이얼가의 가주이자 레이얼 시스템의 회장인 토마스 레이얼은 자신의 생명을 돌려주고 더불어 자신과 아내에게 젊음을 돌려준 한서영과 김동하가 저택을 떠나는 것을 완강하게 만류했다.

그로서는 생명의 은인인 두 사람을 곁에 두고 그들에게 자신이 할 수 있는 것은 무엇이든 해 주고 싶은 심정이었다. 결국 한서영과 김동하는 레이얼가의 저택 게스트 룸에

서 머물기로 결정할 수밖에 없었다.

에이미가 문이 열린 테라스에서 게스트 룸의 거실을 바라보았다.

"두 분이 여기서 지내기에는 불편하진 않을 거예요. 저도 간혹 이곳에서 쉬기도 했는데 무척 조용한 곳이에요."

에이미의 말에 한서영도 게스트 룸의 안쪽을 바라보았다. 게스트 룸의 정문 쪽의 왼쪽에 큼직한 대형 침대가 놓여 있었고 침대의 옆쪽으로 벽난로가 있었다.

벽난로의 앞쪽에는 대형 카페트가 깔려 있었고 카페트의 위에는 역시 큼직한 소파까지 놓여 있다.

반대방향으로는 대형 텔레비전이 벽에 걸려 있었고 테라스와 이어진 문의 옆쪽으로는 욕실로 향하는 문이 트여 있는 전형적인 저택 객실의 풍경이었다.

하지만 단순하게 게스트 룸이라고 하기에는 방은 거의 30평이 넘을 정도로 컸다.

한서영이 머리를 끄덕였다.

"조용하군요."

"게스트 룸의 방음장치는 최고로 맞추어져 있어서 어지간한 큰 소리는 바깥으로 들리지 않아요. 그러니 안심해도 될 거예요."

에이미의 입가에 묘한 미소가 떠올라 있었다.

한서영이 눈을 깜박이다가 이내 에이미의 말이 무슨 의

미인지 깨닫고 순간 얼굴이 새빨갛게 달아올랐다.

그때였다. 게스트 룸의 정문에서 방울소리가 울리며 이내 문이 열렸다.

딸랑딸랑.

딸칵—

문의 외부는 오래된 떡갈나무로 만들어져 있었지만 안쪽은 가죽과 같은 부드러운 쿠션으로 채워져 있었기에 웬만한 노크소리는 들리지도 않을 정도로 방음이 된 형식이었다. 그 때문에 외부에서 게스트 룸으로 들어오려면 이렇게 문에 달린 손잡이를 당겨 방울을 울려야 했다.

문안으로 들어선 사람은 저택의 집사인 피터 에반스였다. 피터 에반스의 손에는 무언가 들려 있었다. 이내 안으로 들어선 그가 빠른 걸음으로 테라스로 걸어왔다.

"두 분과 연락을 하고 싶다는 분의 전화가 왔습니다. 엘트먼 이사님을 통해 이곳 저택의 전화번호를 알게 되었다면서 연락해 오셨습니다. 두 분과 같은 한국분이신데 이름이 윤소정이라고 하시더군요. 전화를 받으시겠습니까?"

피터 에반스 집사는 김동하로부터 자신의 폐암까지 치료받고 젊음까지 다시 되찾게 되는 기적을 겪으면서 이제는 아예 한서영과 김동하를 저택의 가주인 토마스 레이얼 회장과 같은 수준으로 대했다.

에반스 집사의 말에 한서영이 입이 살짝 벌어졌다.

"아!"

잠시 잊고 있었던 이름이었지만 집사의 말에 한서영의 머릿속에 윤소정의 얼굴이 떠올랐다.

한서영이 머리를 끄덕였다.

"아는 사람이에요."

에반스 집사가 손에 든 전화기를 한서영에게 넘겨주었다. 그리고 이내 뒤로 물러서며 세 사람이 차를 마시던 테이블을 바라보았다.

에반스 집사가 전화를 받는 한서영을 피해 에이미 레이얼의 귓가로 머리를 숙여 속삭이듯 말했다.

"차를 더 가져올까요?"

에이미 레이얼이 머리를 흔들었다.

"전 괜찮지만 두 분은 필요하실지 몰라요. 그러니 따뜻한 차를 더 가져와야 할 것 같아요. 피터 아저씨."

"알겠습니다."

피터 에반스 집사가 정중하게 머리를 숙인 후 이내 몸을 돌려 다시 테라스를 빠져나갔다.

한서영은 게스트 룸의 문 쪽으로 걸어가는 피터 에반스 집사의 뒷모습을 바라보다가 이내 전화기를 귀로 가져갔다.

"여보세요?"

—아! 저예요. 윤소정이에요. 한선생님.—

한서영의 귀로 윤소정의 상기된 목소리가 들려왔다.

한서영보다 윤소정의 나이가 훨씬 많지만 자신의 아버지인 윤태성 회장을 살려낸 이후부터 한서영에게 꼬박꼬박 존대를 했다.

더구나 한서영과 김동하가 의사이기에 존대를 하는 것에 이질감을 느끼지도 않았다.

한서영이 웃으면서 입을 열었다.

"엘트먼 이사님을 통해 우리가 머물고 있는 여기 저택의 전화번호를 알아내셨다고요?"

—네, 어쩔 수 없었어요. 꼭 연락을 드리고 싶었거든요.

윤소정의 목소리에선 이렇게 통화를 하게 된 것에 안도감을 느끼는 것이 역력하게 느껴졌다.

"무슨 일인가요?"

—아빠에게서 연락이 왔어요. 한선생님의 아버님이 경영하시는 회사가 어딘지 물어봐 달라는 말씀이셨어요.

한서영의 눈이 껌벅였다.

"우리 아빠 회사를요?"

—네, 데니얼 엘트먼 이사님께 여쭤봤는데 그분께서는 한선생님께 직접 물어보는 것이 좋을 것이라고 하시더군요.

"무슨 일로 그러는 것인지 물어봐도 될까요?"

한서영은 김동하가 살려낸 윤태성 회장이 운영하는 한국

항공이 신공항에 투입할 시스템 설비와 관제설비에 레이얼 시스템을 복안에 두고 있다는 것을 생각지도 못하고 있었다. 윤소정의 목소리가 들려왔다.

—아마 우리 한국항공에서 새로운 신공항에 투입할 설비 장치 때문일 거예요. 한선생님도 알고 계시는 레이얼 시스템과도 관련이 되어 있어요.

윤소정의 말에 한서영의 눈이 반짝였다.

자신은 아빠 한종섭 사장이 운영하고 있는 서진무역이 여러 분야의 계측기를 취급한다는 것은 알고 있었지만 정확하게 어떤 분야를 취급하는 것인지 모르고 있었다.

다만 아빠의 회사가 의료장비와도 관련이 있다는 것만 어렴풋이 알고 있을 뿐이었다.

한소영의 머리가 갸웃했다.

"항공설비와 저희 아빠가 관련이 있을까요? 그리고 우리 아빠 회사는……."

한서영은 아빠인 한종섭 사장이 경영하고 있는 서진무역의 규모가 어느 정도인지는 알고 있었다.

말 그대로 이십여 명의 직원들을 데리고 어렵게 회사를 운영하고 있는 작은 사무실 규모의 회사였다.

간혹 꽤 큰 오더를 받아낼 경우 회사의 자금사정이 그 순간만큼은 숨통이 트인다는 것 정도는 알고 있었다.

그녀는 토마스 레이얼 회장의 결단으로 데니얼 엘트먼

이사가 한종섭 사장에게 제시한 엄청난 규모의 비즈니스 제안은 꿈에도 상상하지 못했다.

그것은 토마스 레이얼 회장이나 회장대행으로 지명된 데니얼 엘트먼이 김동하가 토마스 레이얼 회장의 생명을 구해준 대가로 서진무역에 제시한 엄청난 비즈니스에 대해 함구하고 있었기 때문이다.

한서영이나 김동하에게 그것을 말해주는 것은 마치 그것을 받은 대가로 생색을 내는 것 같았기에 전혀 눈치채지 못했다. 그런 상황에서 뜬금없이 한국항공의 윤태성 회장이 아버지의 회사에 대해 알고 싶다고 하는 것이 어리둥절한 한서영이었다. 윤소정의 목소리가 들렸다.

—일단 아빠가 한선생님의 아버님께서 운영하시는 회사를 궁금해 하세요. 데니얼 엘트먼 이사님께도 물어봤지만 그분께서는 한선생님을 통해서 들으시는 것이 좋다고 하시더군요.

"그, 그래요?"

한서영이 머리를 갸웃했다.

데니얼 엘트먼으로서는 자신의 입으로 말해주는 것보다 한종섭 사장의 딸인 한서영으로부터 들어서 서진무역과 연결되는 것이 적절하다고 판단한 것이지만 한서영으로서는 그것을 알 턱이 없었다.

또한 지금의 서진무역이라면 한국항공에서 추진하고 있

는 신공항의 항공관제 시스템 설비를 충분히 감당할 수 있을 것이라고 판단한 데니얼 엘트먼이었다.

—아마 한선생님의 아버님께도 나쁜 일은 아닐 거예요. 그리고 데니얼 엘트먼 이사님께서도 무슨 일인지 어느 정도는 아시고 계시는 것 같은 느낌이었어요.

"그런가요?"

한서영이 잠시 눈을 깜박이다가 이내 입을 열었다.

"알겠어요. 근데 도움이 될지 모르겠어요. 전 아빠가 하시는 일에는 그다지 아는 게 없어서 잘 모르지만 아빠의 회사규모로 본다면 회장님께서 관심을 가질 만한 곳이 아닐 텐데… 아빠가 운영하시는 회사는 을지로 6가에 위치한 서진무역이라는 회사예요. 아빠의 성함은 한자 종자 섭자를 쓰시고요."

—을지로 6가 서진무역 한종섭 사장님, 맞나요?

윤소정의 목소리가 살짝 높아졌다.

"네. 맞아요."

—고마워요 한선생님.

윤소정이 고맙다고 인사를 하자 한서영이 웃었다.

"고마울 게 있나요? 정작 고마운 건 나예요. 한국항공의 회장님께서 저의 아빠 회사까지 관심을 갖게 될 줄은 몰랐으니까요."

한서영의 맑은 눈이 깜박였다.

윤소정의 목소리가 들려왔다.

―그럼 한선생님이 알려주신 한선생님의 아버님이 운영하시는 회사의 정보는 바로 아빠에게 전달할게요.

"알겠습니다."

―근데 언제 뉴욕으로 나오실 계획은 없으신가요?

윤소정은 데니얼 엘트먼으로부터 한서영과 김동하가 현재 머물고 있는 곳이 뉴저지라는 것을 알고 있었기에 두 사람이 뉴욕으로 나오기를 기다리고 있는 중이었다.

한서영이 웃으면서 입을 열었다.

"아마 한국으로 돌아가기 전에는 잠깐 뉴욕에 들를 수도 있을 거예요."

―뉴욕에 오시면 꼭 전화해 주세요. 꼭 뵙고 싶어요.

윤소정의 목소리에는 간절함이 담겨 있었다.

"호호 알겠어요."

―그럼 기다릴게요. 그리고 쉬고 계실 텐데 이렇게 늦은 밤에 전화 드려서 미안해요 한선생님.

"아니에요. 저도 반가웠어요."

한서영의 입에서 담담한 목소리가 흘러나왔다.

이내 전화가 끊어졌다.

한서영이 전화통화를 하는 모습을 호기심이 가득 담긴 시선으로 바라보고 있던 김동하가 물었다.

"무슨 전화였습니까?"

김동하의 물음에 한서영이 전화기를 테이블 위에 내려놓
으며 입을 열었다.

　"우리가 한국을 떠나기 전에 동하가 공항에서 살려낸 한
국항공의 윤태성 회장님이 아빠의 회사에 대해 물어보셨
어. 방금 통화한 사람은 동하와 나랑 같이 뉴욕에 도착했
던 윤태성 회장의 따님인 윤소정씨였고."

　"무슨 일로 그 분께서 아버님의 회사를 아시려고 한 겁니
까?"

　한서영이 머리를 흔들었다.

　"나도 몰라. 얼핏 신공항에 관련된 설비라고 들었던 것
같은데……."

　한서영으로서는 자신의 전공인 의학분야가 아닌 설비분
야에 대해서는 그야말로 문맹이나 마찬가지였다.

　에이미 레이얼이 눈을 깜박이며 두 사람을 바라보았다.

　두 사람의 어투로 보아 상당히 신중한 대화를 하는 듯이
보였기 때문이었다.

　"무슨 일인지 제가 물어도 될까요? 방금 닥터한이 통화
한 사람과 문제가 있는 것인가요?"

　에이미의 물음에 한서영이 그녀를 바라보았다.

　방금 통화한 내용은 그다지 숨길 만한 내용이 아니라고
생각했다.

　"아니에요. 이 사람과 제가 한국을 떠나기 전에 한국의

공항에서 조금 특별한 일이 있었는데 그게 한국의 항공그룹인 한국항공의 회장님과 관련된 일이었어요. 방금 저에게 전화를 걸어온 사람은 그분의 따님이시고요. 근데 한국항공의 회장님께서 저의 아버지 회사에 대해서 궁금해 하시더군요."

"닥터한의 아버님 회사에 대해서 물었다고요?"

한서영이 머리를 끄덕였다.

"네."

에이미 레이얼의 푸른 눈이 깜박이고 있었다.

한서영이 머리를 갸웃했다.

"저의 아빠가 운영하시는 회사는 한국항공과 같은 대기업이 관심을 가질 만한 회사가 아니에요. 한국항공에서 추진하고 있는 신공항의 설비 때문이라고 하던데 아빠 회사는 그런 큰일을 감당할 만한 수준이 아니에요. 그냥 직원들 몇 명만 데리고 겨우 꾸려가는 회사인데……."

에이미의 눈이 반짝였다.

"아닐 거예요. 닥터한의 아버님이 운영하시는 회사라면 전 세계 어떤 기업과도 비즈니스를 할 수가 있을 거예요. 저도 자세히는 잘 모르지만 아빠와 엄마가 한국에 있는 닥터한의 아버님 회사를 레이얼 시스템 본사수준으로 지원하실 것이라고 하셨거든요. 아빠가 엄마랑 상의해서 한국에 있는 닥터한의 아버님 회사에 개인자금 수십억불을

송금하실 것이라고 하셨는데 규모가 작을 리는 없을 거예요."

순간 한서영의 눈이 커졌다.

"뭐라고요?"

한서영이 놀라는 모습에 에이미가 더 놀라는 표정을 지었다.

"모르셨어요? 아빠가 개인 자금으로 이미 한국에 수십억불을 지급하셨는데… 얼핏 듣기로는 닥터한의 아버님 회사와 레이얼 시스템이 수십억불 규모의 합작회사까지 추진할 것이라는 말도 들은 것 같아요."

에이미 레이얼은 엄마와 아빠가 자신들에게 젊음과 새로운 생명을 돌려준 김동하와 한서영에 대한 보답으로 아빠의 개인 자금 중 엄청난 액수의 돈을 한국으로 보낸 것을 기억했다.

그뿐만 아니라 이후에도 한국의 한서영 아버지의 회사와 합자회사를 설립하여 레이얼 시스템과의 동업을 의논하던 이야기를 무심코 들었던 것을 떠올리며 한서영에게 털어놓았다.

토마스 레이얼 회장으로서는 아무리 자신의 개인 자금이라고 하지만 아내인 안젤리나 부인과 상의를 해야 했기에 그 상황에서 에이미 레이얼도 그 내용을 알게 된 것이다.

한서영의 입이 쩍 벌어졌다.

"세상에……."

한서영의 입에서 탄성이 흘렀다. 이런 말을 엄마나 아빠로부터 듣는 것이 아니라 에이미 레이얼로부터 듣게 될 것이라곤 꿈에도 생각하지 못했다.

한서영이 자신의 팔목에 채워진 시계를 들여다보았다.

오후 9시 50분이 막 지나는 시간이었다.

꽤 늦은 시간이었지만 서울은 지금쯤 정오가 되어 가고 있을 시간이었다.

한서영이 잠시 테이블에 올려놓은 전화기를 바라보았다. 당장에 한국에 전화를 걸어 알아보고 싶은 심정이었지만 선뜻 내키지는 않았다. 왠지 아빠에게 따지는 것 같은 느낌이 들었기 때문이다. 듣고 있던 김동하가 물었다.

"방금 말씀하신 수십억불이라는 돈은 어느 정도를 말하는 것입니까?"

한서영이 눈을 껌벅이며 대답했다.

"동하가 상상하지 못할 정도로 엄청난 액수야."

김동하로서는 나라마다 다른 단위의 돈을 사용한다는 것은 알고 있었지만 정확하게 환율이나 금리 같은 개념은 아직 모르고 있었다.

그때 차를 가지러 게스트 룸을 떠났던 피터 에반스 집사가 쟁반에 뜨거운 김이 피어오르는 찻잔을 가지고 다시 게스트 룸으로 돌아왔다.

에반스 집사가 찻잔을 내려놓으며 입을 열었다.

"따뜻한 차로 바꿔 드리겠습니다. 그리고 필요하신 것이 있으시면 말씀하십시오."

집사의 말에 한서영이 잠시 생각하다가 입을 열었다.

"한국으로 전화를 해도 될까요?"

한서영의 말에 에반스 집사가 머리를 끄덕였다.

"물론입니다. 제가 전화를 걸어 드릴까요?"

"고마워요. 전화번호는……."

한서영은 아빠 한종섭의 개인전화기로 전화를 걸어야 할지 아니면 사무실 번호로 걸어야 할지 잠시 고민했다.

그러다 한서영은 낯선 외국전화번호가 표시되는 아빠의 개인전화기보다는 차라리 사무실 번호가 나을 것이라고 판단했다.

한서영이 아빠 한종섭의 사무실인 서진무역의 전화번호를 머리에 떠올리며 피터 에반스 집사에게 말했다.

"번호는 02 2277 1234예요."

한서영은 자신이 알고 있는 아빠의 사무실 전화번호를 말했다. 피터 에반스 집사는 한서영과 김동하가 저택에 머무는 것이 확정되자 이미 한국의 국적전화번호를 머릿속에 기억시켜 놓고 있었다.

그 때문에 한국으로 전화를 걸기 위해 버튼을 누르는 그의 손끝은 망설임이 없었다.

이내 버튼을 모두 누르자 신호음이 들리기 시작했다.

띠리리리릿.

띠리리리릿.

몇 번의 신호가 떨어지고 이내 누군가 전화를 받았다.

딸칵.

—네, 서진무역입니다.

맑고 낭랑한 여자의 목소리였다.

에반스 집사의 얼굴이 잠시 굳어졌다.

그로서는 낯선 한국어였기에 잠시 당황한 것이다.

하지만 이내 한서영을 바라보며 빠르게 입을 열었다.

"통화가 된 것 같습니다. 받아 보시지요."

"고마워요."

한서영이 전화를 넘겨받아 귓가로 가져갔다.

"여보세요?"

—네 서진무역입니다. 무엇을 도와 드릴까요?

전화를 받은 게 상냥한 여자의 목소리였지만 한서영은
단번에 전화를 받은 상대가 누군지 알 수가 있었다.

아빠의 회사 홍일점인 서진화 대리였다.

한서영이 입을 열었다.

"오랜만이에요 진화 언니."

—누구…….

서진화 대리의 목소리는 전화기를 통해 들려오는 여자가

자신을 언니라고 부르는 것에 살짝 당황한듯 느껴졌다. 한서영이 입술을 살짝 핥으며 입을 열었다.

"저 서영이에요."

순간 잠시 정적이 흘렀다.

하지만 이내 빠른 목소리가 들려왔다.

—서영씨? 한서영씨?

한서영이 웃었다.

"네."

—어머나 세상에… 지금 미국이에요?

서진화 대리는 한서영이 미국에 있다는 것을 잘 알고 있었다. 한종섭 사장이 사위와 함께 큰딸 한서영을 미국으로 보내어 레이얼 시스템의 토마스 레이얼 회장을 치료했다는 것을 들었기 때문이다.

한서영이 실소를 흘리며 입을 열었다.

"네, 지금 미국에 있어요."

—아유~ 너무 반가워요 서영씨.

서진화와 한서영은 4살 정도의 나이 차이가 있었지만 서진화는 깍듯하게 한서영에게 존대를 했다. 그도 그럴 것이 자신과는 달리 사장님의 큰딸은 의사선생님이었기 때문이다. 한서영이 눈을 반짝이며 입을 열었다.

"아빠랑 통화를 하고 싶은데 지금 사무실에 없나요?"

서진화 대리가 대답했다.

—사장님 지금 비즈니스 문제로 외출중이세요. 저희 회사가 신사옥으로 옮길 예정이라서 그 문제로 나가셨어요.

"신사옥이라고요?"

—네, 모르셨어요?

서진화 대리가 오히려 한서영에게 되물었다.

한서영이 눈을 깜박였다.

"아빠 회사 분위기가 어떤가요? 언니 솔직하게 말해줘요."

—아유, 난리예요. 새 사무실로 옮겨야 하고 신입직원들 뽑고 경력직 직원들도 데려와야 해서 모두 정신이 없어요. 모든 게 서영씨 때문이야. 호호호호.

서진화 대리의 웃음소리가 한서영의 귓속에 메아리처럼 들려 왔다. 한서영이 눈을 깜박였다.

"레이얼 시스템과의 합자회사를 설립하신다고요?"

—네. 그 때문에 더 바빠졌어요. 사장님도 요즘은 일할 맛 나신다고 신이 나셨어요. 근데 언제 한국으로 돌아오시는 거예요?

한서영의 얼굴이 살짝 상기되었다.

"곧 돌아갈 거예요. 알겠어요 언니. 나중에 다시 전화할게요."

—그래요. 서영씨도 조심하시고 무사히 귀국하시길 바랄게요.

"네."

한서영이 전화를 끊었다. 아빠와는 통화가 되지 않았지만 조금 전에 에이미 레이얼이 말한 것이 틀리지 않았다는 것을 느낄 수가 있었다. 한서영이 상기된 얼굴로 전화기를 다시 피터 에반스 집사에게 넘겨주었다.

"고마워요 에반스 집사님."

에반스 집사가 전화기를 받으며 머리를 흔들었다.

"아닙니다. 필요하신 것이 있으시면 언제든 말씀하십시오."

"그럴게요."

한서영은 아빠의 회사가 자신이 상상하는 것보다 더 큰 충격에 빠져 있다는 것을 실감했다.

한순간 한서영의 가슴이 두근거리기 시작했다.

이 모든 것이 김동하를 만나면서 만들어진 기막힌 운명이라는 것을 절감하고 있었다. 김동하가 담담한 시선으로 자신을 바라보고 있는 것이 보였다.

껴안아 주고 싶을 만큼 귀엽고(?) 듬직하게 느껴지는 말 그대로 자신의 낭군이 바로 김동하라는 사실에 그녀는 갑자기 행복해지는 느낌이었다.

쇠심줄 같은 고집하나만으로 세 딸과 아들을 키워온 아버지가 신이 날 정도로 바빠졌다는 것에 왠지 마음 한쪽이 뿌듯해지는 느낌이 드는 한서영이었다.

살랑.

또다시 시원한 초가을의 밤바람이 테라스를 지나갔다.

한서영의 긴 머리카락이 부드럽게 바람에 흩날렸다.

그야말로 행복한 뉴저지의 밤의 풍경이 한서영의 머릿속에 그림처럼 그려졌다.

검은 그림자

새벽 2시 10분.

뉴저지 스톤힐의 거리는 그야말로 짙은 어둠에 잠겨 있었다.

사람의 인적이라고는 전혀 느껴지지 않는 스톤힐의 풍경은 말 그대로 세상이 온통 깊은 잠에 빠진 듯 고요한 정적이 감돌았다.

거리를 밝히고 있는 신호등만이 시간에 따라 신호의 색만 바뀔 뿐 흔한 승용차 한 대 지나가지 않는 적막한 모습이었다.

그런 어둠 속을 짙은 갈색의 승합차 한 대와 검은색 승용차 한 대가 천천히 북쪽의 도로 위에 모습을 드러냈다.

거친 엔진음도 들리지 않았고 차량의 라이트도 밝히지 않은 두 대의 차량은 마치 산보를 하듯 천천히 도로를 지나가고 있었다.

타운가의 골목에 가끔 보이던 경찰의 순찰차까지도 완벽하게 사라진, 그야말로 도시 자체가 아예 수렁 같은 늪에 빠진 느낌이 드는 시간이었다.

이내 두 대의 차량이 언덕길을 올라 숲이 길게 늘어진 갓길로 접어들었다.

마치 숲으로 터널을 만들어 놓은 듯한 길은 짙은 어둠에 잠겨 있었고 얼핏 음산하기까지 했다.

하지만 두 대의 차량은 라이트도 켜지 않은 채 엔진소리까지 거의 들리지 않을 정도로 천천히 숲으로 만들어진 터널을 지났다.

이내 두 대의 차량은 숲으로 만들어진 터널의 끝부분에서 부드럽게 멈춰 섰다.

끼익—

끼익—

두 대의 차량이 멈춰 서자 소음처럼 희미하게 들려오던 차량의 엔진소리까지 이제는 완벽하게 지워졌다.

차가 멈춰 섰지만 아무도 차에서 내려서지 않고 있었다.

앞쪽에 멈춰선 승합차의 조수석에서 검은 얼굴에 눈의

흰자위만이 섬뜩하게 번들거리는 사내가 숲의 끝을 바라보았다.

머리에는 계절에 어울리지 않는 검은 털모자를 쓰고 있었고 입고 있는 옷도 검은색의 작업복 차림이었다.

조수석의 사내가 바라보는 숲의 끝에는 어둠 속에 희미하게 떠올라 있는 하나의 거대한 성채 같은 건물이 보였다.

레이얼 시스템의 토마스 레이얼 회장이 살고 있는 레이얼가의 저택이 바로 숲 끝에 보이는 건물이었다.

조수석의 사내가 손에 들고 있는 작은 플래시의 버튼을 눌렀다.

탁.

팟—

이내 눈이 부실 듯한 빛이 플래시에서 비춰졌다.

불빛에 드러난 것은 조수석의 사내 무릎 위에 펼쳐놓은 하나의 종이였다.

종이에는 이곳의 위치를 그린 것으로 보이는 약도가 보였고 약도의 아래쪽으로 저택 내부의 구조와 건물위치 그리고 저택의 본채와 별채의 내부가 비교적 소상하게 그려졌다.

종이는 새로 그려진 것이 아니라 여러 장 복사가 된 듯 인쇄의 흔적이 역력했다.

잠시 약도를 확인한 사내가 뒤쪽을 바라보았다.

"각자 건물 내부구조 외웠지?"

사내의 말에 차량의 뒤쪽에서 대답소리가 들렸다.

"물론입니다."

"당연하지요."

뒤쪽의 대답을 들은 검은 얼굴의 조수석 사내가 만족한 듯 머리를 끄덕였다.

만에 하나 엉뚱한 길로 들어설 수도 있었기에 최종적으로 그가 현재의 위치를 확인한 것이다.

사내가 다시 플래시를 껐다.

파앗—

플래시를 끈 사내가 어깨춤에 달려 있는 작은 워키토키를 집어 들어 버튼을 눌렀다.

치익.

짧은 전기음이 들리고 이내 희미한 소음이 이어졌다.

사내가 빠르게 입을 열었다.

"클레이튼이다. 나와 워닉 그리고 잭슨이 먼저 들어간다. 약속대로 담장의 카메라와 동작감응센서를 제거한 후 신호를 보내면 들어오도록."

사내의 말에 이내 무전기를 통해 누군가 대답했다.

—카피. 정문 확보되면 신호를 보내도록 해.

"알겠습니다. 통신 끝."

조수석에 앉아서 스스로를 클레이튼이라고 말한 사내의 눈이 어둠 속에서 흰자위를 번들거렸다.

누군가 어둠 속에서 그의 얼굴을 본다면 등골이 서늘해질 정도로 섬뜩했다.

무전 통화가 끝나자 클레이튼이 다시 무전기를 어깨 위에 걸었다.

이후 클레이튼이 빠르게 뒤쪽을 바라보았다.

"워닉, 잭슨 준비해."

"예!"

"알겠습니다."

두 사내가 대답하고는 곧장 바닥에서 무언가를 집어 들었다.

검은색의 보스튼 백이었다.

딸칵.

드륵—

승합차의 문이 열리면서 낮은 소음이 발생했지만 사내들은 전혀 개의치 않는 듯 신속하게 차에서 내려섰다.

이내 가방을 든 사내들이 빠르게 저택의 담장이 있는 곳을 향해 움직였다.

미리 저택의 침투로를 계획하고 이곳을 방문한 듯 그들의 움직임은 전혀 망설임이 없었다.

칠흑처럼 어두운 밤중이었기에 이들이 움직이는 것을 옆

에서 지켜보지 않는 한 누구도 알 수 없을 정도로 은밀했다.

클레이튼과는 달리 사내들의 옷은 거리에서 흔히 볼 수 있는 일상적인 평상복 차림이었다.

맨 마지막에 차에서 내린 사내에게서는 그야말로 지독한 악취가 풍겼다.

동양인들과는 달리 서양인에게서 흔하게 맡을 수 있는 체향이었지만 마지막에 내린 사내는 그 정도가 너무나 심할 정도였다.

하지만 차에 타고 있는 사내들은 그런 마지막 사내의 체향을 그다지 느끼지 못하는 듯 아무 말도 하지 않았다.

문이 열린 덕에 두 사내가 내린 차 안으로 신선한 공기가 흘러들었지만 두 번째 내린 사내의 몸에서 흘러나온 악취는 좀처럼 사라지지 않았다.

두 사내가 차에서 내려 저택의 담장으로 사라지자 그제야 조수석에 앉은 클레이튼 위티드가 이마를 찌푸렸다.

"워닉 저 자식 샤워도 하지 않나?"

클레이튼 위티드는 좀 전에 사라진 윌리엄 워닉의 몸에서 흘러나온 지독한 악취가 코끝을 찌르자 어금니를 꾸욱 깨물었다.

그 역시 몸에서 체향이 흘러나오고 있었지만 윌리엄 워닉의 악취 같은 체향과는 비교할 수 없을 정도로 작았다.

클레이튼 위티드가 코끝을 잠시 실룩이다가 이내 차에 앉아 있는 나머지 사내들을 보며 입을 열었다.

"나와 잭슨 그리고 워닉이 먼저 들어가서 보안시설을 제거하고 정문을 개방하면 브랜드와 게릿 그리고 케빈은 저택의 뒤쪽 별채로 가. 계획한 대로 본채에서 토마스 회장을 처리하는 것은 클리트 팀에서 한다. 그리고 다시 한번 말하지만 케빈은 별채의 보안실로 들어가서 오늘밤 녹화된 저택의 모든 보안영상을 삭제하는 것 잊지 말고. 방해되는 것이 있다면 죽여도 좋다. 핸리는 차에서 대기하고 있다가 우리가 돌아오면 바로 떠날 준비를 하고."

빠르게 말한 클레이튼 위티드의 하얀 눈자위가 또다시 어둠 속에서 번들거렸다.

이제 차 안에는 운전을 담당한 자를 제외하면 3명이 남아 있었다.

조수석에 앉아 있던 클레이튼 위티드가 레이얼 가의 저택 보안시설을 제거하고 남은 인원들이 안전하게 저택으로 숨어들 수 있는 침투로를 확보해야 할 책임자였다.

클레이튼 위티드의 말에 차에 타고 있던 사내들이 대답했다.

"걱정하지 마십시오. 클레이튼."

"경찰 놈들도 없는 상황인데 어려울 게 뭐가 있겠습니까?"

이미 사내들은 뉴저지의 스톤힐에 경찰들이 모두 사라졌다는 것을 알고 있었다.

은밀하게 손을 써서 뉴저지의 스톤힐 주변경찰들이 새벽 2시부터 새벽 4시까지 순찰근무를 중지하게 만들었기 때문이다.

그렇지 않았다면 그들이 이런 식으로 뉴저지의 스톤힐에 은밀하게 들어오지 못할 것이다.

뉴저지의 스톤힐은 레이얼 시스템의 토마스 레이얼 회장 외에도 뉴저지와 뉴욕에서 제법 부유한 상류층의 저택들이 많은 지역이었다.

그 때문에 스톤힐의 경찰들은 지속적으로 순찰을 하고 수상한 자들을 감시하는 교차근무를 하는 것이 일상적이었다.

하지만 오늘밤은 그런 경찰들이 움직이지 않고 있었기에 사내들은 무척이나 대담하게 이곳까지 들어올 수 있었다.

사내들이 대담하자 클레이튼 위티드가 어금니를 깨물며 자신을 바라보고 있는 사내들을 향해 머리를 끄덕였다.

"실수하는 놈은 보스가 용서하지 않겠지만 그 전에 먼저 내 손에 죽는다. 그러니 각자 자신이 맡은 일에 조금도 실수하지 않아야 할 거야."

"염려하지 마세요."

"400억불이 걸린 일인데 실수할 리가 있겠습니까? 걱정

하지 마세요 클레이튼.”

사내들은 이미 이곳을 방문하기 전에 스스로가 해야 할 일을 부여받았기에 클레이튼 위티드의 말에 눈빛을 반짝이고 있었다.

새벽 2시가 넘은 시간에 레이얼가의 저택을 찾아온 사내들의 정체는 할렘의 지배자 마이클 할버레인이 조직한 킹덤의 조직원이었다.

그들은 마이클 할버레인의 지시로 현 레이얼 시스템의 회장인 토마스 레이얼 회장과 그 식구들이 약물중독으로 사망했다는 것을 조작하기 위해 레이얼가의 저택으로 침투하는 것이었다.

이미 킹덤의 보스인 마이클 할버레인과 협력하기로 결심한 듀크 레이얼로부터 레이얼가 저택의 보안시설과 저택의 보안이 취약한 위치까지 상세하게 파악해 놓았다.

저택의 보안시설이 있는 장소까지 모두 알아냈기에 저택에 침투하는 것은 그야말로 땅 짚고 헤엄치기처럼 쉬운 일이었다.

자신들이 토마스 레이얼 회장의 저택을 방문한 증거는 하나도 남기지 않고 누가 보아도 레이얼 시스템의 토마스 레이얼 회장과 그의 아내인 안젤리나 레이얼을 비롯하여 하나뿐인 딸 에이미 레이얼까지 약물중독으로 사망했다는 증거만 조작하고 떠나면 되는 일이었다.

듀크 레이얼로부터 레이얼가의 저택에 머물고 있는 사람들 중에서 무장을 하거나 위험한 요소를 가진 사람들이 없다는 것도 알고 있었다.

평생을 갱으로 살아온 킹덤의 조직원들로서는 이렇게 쉬운 임무는 그야말로 눈감고도 처리할 수 있는 일이라고 생각했다.

다만 레이얼 시스템의 토마스 레이얼 회장과 그의 가족들이 약물중독으로 사망했다는 것이 알려질 경우 뉴욕뿐만 아니라 미국전체가 술렁이게 될 것은 뻔했다.

혹여 누군가 이 일을 조사할 경우를 생각해서 킹덤이 개입되었다는 것은 절대로 드러나지 않아야 한다는 조건이 붙어 있다는 것이 문제였다.

그 때문에 손톱만큼의 증거나 흔적을 남겨서는 안 되었고 그냥 보안영상을 삭제하고 보안시설을 조작해 놓고 조용히 돌아 나오면 되는 일이었다.

그 과정에서 행여 누군가에게 발각이 된다면 그 대상은 처리하고 그자의 흔적까지 지워버려야 한다는 것이 약간의 문제라면 문제였다.

레이얼가의 저택에서 토마스 레이얼 회장 일가를 처리하고 나올 때까지 누구에게도 발각이 되지 않는다면 최상의 시나리오였다.

그러나 언제나 변수라는 것이 있었기에 클레이튼 위티드

가 그것에 다시 한번 주의를 준 것이다.

이번 일에 투입된 킹덤의 조직원들은 모두 9명이었다.

좀 전에 클레이튼 위티드와 통화를 했던 사람은 뒤쪽의 승용차에 탑승하고 있는 오늘밤 토마스 레이얼 회장 일가를 몰래 제거하는 임무의 총책임자 클린트 루먼이었다.

킹덤의 보스인 마이클 할버레인의 오른팔과 같은 클린트 루먼은 실질적으로 킹덤의 보스인 마이클 할버레인에 이어 서열 2위로 알려진 사람이다.

킹덤의 조직을 총괄해서 관리하는 그가 오늘밤의 임무에 전격 투입된 것은 무척 이례적이었다.

평소라면 중간보스 정도인 클레이튼 위티드 정도가 이런 일의 책임자 자리를 차지했겠지만 킹덤의 보스인 마이클 할버레인의 지시로 그가 오늘밤 임무의 책임자가 되었다.

그도 그럴 것이 토마스 레이얼 회장과 그 가족들을 제거하는 이면에는 400억불이라는 상상을 초월할 엄청난 거액의 거래가 숨어 있었다.

그렇기에 특별히 마이클 할버레인이 클린트 루먼에게 이번 일의 책임을 맡긴 것이다.

매그넘의 클린트라는 별명으로 불리는 클린트 루먼은 사격술도 놀랍지만 킹덤의 조직을 치밀한 두뇌로 관리할 정도로 영리한 자였다.

오늘밤의 구체적인 계획도 그가 짜낸 방식이었다.

듀크 레이얼로부터 알아낸 토마스 레이얼 회장의 침실로 숨어 들어가 몰래 그와 그의 부인인 안젤리나 부인을 비롯해 하나뿐인 딸인 에이미 레이얼의 몸에 치사량의 헤로인을 주사하고 그 증거를 고스란히 남겨놓고 나오는 계획이었다.

누가 보아도 토마스 레이얼 회장과 그 가족들이 헤로인 약물과용으로 사망했다는 것으로 보이게 조작해 놓음으로써 레이얼 시스템의 차기 상속자인 로빈 레이얼에게 레이얼 시스템의 회장직 승계가 쉽게 이루어지게 해놓는다는 계획이었다.

킹덤의 보스인 마이클 할버레인이 듀크 레이얼에게 요구한 400억불의 보수를 지급하기 위해서는 토마스 레이얼 회장이 약물 과용으로 사망한 뒤에도 레이얼 시스템의 회장직을 승계한 로빈 레이얼을 제거해야 하는 일이 남아 있긴 하다.

그렇지만 또 다른 일은 나중의 문제였다.

그건 우선 토마스 레이얼 회장이 약물과용으로 사망한 이후의 일이었기에 토마스 레이얼 회장과 그 가족을 먼저 처리해야 했다.

클레이튼 위티드가 번득이는 시선으로 차안의 사내들을 훑어보며 당부하듯 또다시 말했다.

"다시 한번 당부하지만 실수하지 마라. 저 깐깐한 클린

트에게 약점을 보이지 말라는 말이다."

　매그넘의 클린트라는 별명을 가진 클린트 루먼의 치밀한 성격을 모르는 킹덤의 조직원들은 없었다.

　만약 엉뚱한 실수로 보스의 계획에 차질이 생겨날 경우 보스가 보는 앞에서 그의 전매특허와 같은 매그넘에 이마 한가운데에 바람구멍이 생기게 되거나 아니면 폐목파쇄 기의 희생양이 될 것은 뻔한 일이었다.

　"걱정하지 마세요."

　"그냥 우릴 믿어요. 클레이튼."

　사내들이 재차 당부하는 클레이튼 위티드의 노파심에 머리를 흔들었다.

　어떤 일이든 지나칠 정도로 신중한 클레이튼 위티드의 성격을 알고 있는 사내들이 재차 당부하는 클레이튼 위티드에게 머리를 흔들었다.

　그런 사내들을 다시 한번 흰자위가 번들거리는 눈으로 훑어본 클레이튼 위티드가 결국 조수석의 문을 열고 차에서 내렸다.

　한편 클레이튼 위티드와 그의 부하들이 타고 있던 앞쪽의 승합차와 조금 떨어진 곳에 멈춰선 검은색의 일본산 캠리 승용차에는 운전을 하는 자를 제외한 3명의 건장한 사내가 타고 있었다.

　조수석에는 한눈에 보아도 답답해 보일 정도의 엄청난

거구의 사내가 앉아 있었다.

킹덤의 보스인 마이클 할버레인의 경호를 담당하고 있는 존 잭슨이다.

그는 머신건이라는 별명으로도 불리지만 실제로 킹덤의 내부에서는 '와일드 베어—난폭한 곰'이라는 별명으로 더 많이 불리는 자였다.

보스인 마이클 할버레인을 위해서라면 그의 앞에서 총탄도 맨몸으로 막아낼 정도로 마이클 할버레인의 심복 중의 심복이라고 인정받는 자였다.

그의 옆구리에는 항상 탄창에 총탄이 가득 채워진 머신건이 걸려 있다는 것을 모르는 킹덤의 조직원은 없었다.

시동이 꺼진 캠리의 조수석에 앉아 있던 존 잭슨이 앞쪽의 승합차 조수석 문이 열리면서 클레이튼 위티드가 차에서 내리는 것을 보며 뒤로 머리를 돌렸다.

"클레이튼이 출발했습니다. 클린트."

캠리의 뒷좌석에서 깔끔한 양복을 입은 사내가 대답했다.

"나도 보고 있어 존."

대답을 한 사내는 킹덤의 2인자이자 오늘 밤의 임무를 책임진 클린트 루먼이었다.

양복차림의 그는 마치 한밤에 한가하게 드라이브를 나온 신사처럼 깔끔한 모습이었다.

오늘밤의 임무가 가볍고 쉬운 게임 같은 것으로 생각하는 듯했다.

클린트 루먼의 옆에 앉아 있던 약간 마른 사내가 입을 열었다.

"클린트, 빅보스께서 잡아 오라고 한 그 한국에서 온 여자의사를 어떻게 생각하십니까?"

나직한 음성으로 말하는 사내의 목소리의 끝이 갈라져 있었다.

클린트 루먼의 심복과 같은 에릭마쉬라는 자였다.

195cm가 넘는 장신이지만 키와는 어울리지 않을 정도로 마른 사내였다.

하지만 에릭마쉬가 전형적인 사이코패스의 기질을 가지고 있다는 것은 킹덤에서도 유명한 이야기다.

보스를 배신한 자를 처단하기 위해 배신자의 피부를 마치 짐승의 가죽을 벗기듯 벗겨내면서도 눈썹 하나 찌푸리지 않고 처리했다는 것이 클린트 루먼의 눈에 들어 그의 심복이 되었다.

실제로 킹덤의 2인자의 클린트 루먼의 눈에 들었다는 것은 킹덤에서도 나름 고정적인 위치를 차지한다는 것을 의미했다.

다만 그에겐 치명적인 단점이 있었는데 그것은 그가 지독한 색정광이라는 점이었다.

킹덤의 보스인 마이클 할버레인도 엄청난 색정광이지만 에릭마쉬 역시 빅보스인 마이클 할버레인보다 더 지독한 색정광이라고 할 수 있었다.

에릭마쉬의 말에 클린트 루먼의 미간에 주름이 만들어졌다.

"어떻게 생각하다니?"

에릭마쉬가 어둠 속에서 하얀 이를 드러내며 웃었다.

"내가 지금까지 살아오면서 그렇게 예쁜 동양여자는 처음 보았습니다. 닳고 닳아서 아예 이제는 쳐다보기도 싫은 노랭이 년과는 또 다른 느낌이더군요."

캠리의 조수석에 앉아 있던 존 잭슨이 드럼통 같은 몸을 돌렸다.

"에릭, 보스가 손끝 하나 건드리지 말고 데려오라고 한 여자다. 네놈이 건드릴 여자가 아니란 말이다."

존 잭슨은 오직 한 명, 킹덤의 보스인 마이클 할버레인의 지시만 따를 정도로 맹목적인 사내였다.

지금 이 상황도 보스인 마이클 할버레인의 지시로 클린트 루먼의 계획에 동참을 한 것이지 그 스스로 자원한 것이 아니었다.

때문에 클린트 루먼의 심복으로 알려진 에릭마쉬의 행동은 존 잭슨이 하늘처럼 생각하는 마이클 할버레인의 명령을 거역하는 것이라고 생각되었다.

에릭마쉬가 빙긋 웃었다.

"존, 너무 그렇게 뾰족하게 굴 필요는 없지 않나? 보스께 데려가지 않는다는 것도 아니고 그냥 보스께 데려다 주기 전에 잠시 동양여자가 어떤지 감상 정도는 할 수도 있을 것 같은데?"

에릭마쉬의 호색기질이 얼마나 집요한지 알고 있는 존 잭슨이 아무 말도 하지 않고 에릭마쉬를 쏘아보았다.

어둠 속에서 하얗게 번들거리는 그의 눈동자에 섬뜩한 살기가 담겨 있었다.

여차하면 그의 양쪽 겨드랑이 속에 걸려 있는 머신건에 장탄된 40여 발의 총탄이 한순간에 에릭마쉬의 몸속으로 쏟아 들어올 것 같은 느낌이었다.

에릭마쉬를 쏘아본 존 잭슨이 입을 열었다.

"클린트, 이놈이 허튼짓 하면 아마 다른 놈을 클린트의 곁에 두어야 할 겁니다."

클린트 루먼의 얼굴이 굳어졌다.

"둘 다 입 닫아. 그리고 에릭은 더 이상 그 동양계집에게 관심을 가지지 말고."

"쩝 알겠습니다."

"동양여자가 궁금하면 차이나타운에 나가보면 중국년이 나 일본년들이 득실거릴 테니 그쪽으로 알아보든가. 운이 좋으면 그 여자의사와 같은 한국년도 있을 거야."

심복을 달래는 듯 클린트 루먼이 약간은 누그러진 목소리로 입을 열었다.

에릭마쉬가 하얀 이를 드러내며 웃었다.

"동양여자가 궁금한 것이 아니라 빅보스께서 데려오라고 지시한 그 여자에게만 관심이 있는 겁니다. 쩝, 뭐 하지만 건드려서는 안 된다고 하니 그냥 조용히 데려가지요."

에릭마쉬가 입맛을 다시자 그를 견제하던 존 잭슨이 나직하게 입을 열었다.

"에릭, 랫섬의 폐목분쇄기의 맛을 보고 싶지 않으면 네 사타구니 사이에서 덜렁거리는 그 흉측한 물건을 함부로 내두르는 일을 조심해야 할 거야."

랫섬이라는 것은 뉴욕외곽에 만들어 놓은 킹덤의 안가를 뜻했다.

은밀하게 시신을 처리하는 폐목분쇄기가 있는 랫섬은 배신자나 처형대상이 될 조직원들에게는 절로 오줌을 지릴 정도로 두려운 곳이기도 했다.

에릭마쉬가 머리를 흔들었다.

"농담을 한 건데 너무 예민하게 굴 필요는 없어 존."

"두고 보지."

존 잭슨이 나직하게 말하며 다시 머리를 돌렸다.

클린트 루먼이 차가운 목소리로 입을 열었다.

"둘 다 그만해. 한번만 더 다툰다면 둘 다 가만두지 않을

조선남자
朝鮮男子

144

거다. 그리고 존, 현재 이곳의 보스는 나다. 내 지시를 따르지 않겠다면 지금 말하는 것이 좋을 거야."

클린트 루먼의 말에 존 잭슨이 머리를 돌렸다.

"아닙니다. 조용히 하지요."

에릭마쉬도 입을 닫으며 이내 몸을 의자 뒤로 기대었다.

그때였다.

"신호가 옵니다, 클린트."

운전석에 앉아 있던 앤서니 로즈라는 사내가 긴장한 목소리로 입을 열었다.

클린트 루먼이 앞쪽의 유리창을 통해 레이얼가의 저택 정문 쪽을 바라보자 환한 플래시의 불빛이 반짝이는 것이 보였다.

이미 앞쪽의 승합차에서 3명의 검은 그림자가 차에서 내려 빠른 속도로 정문 쪽으로 움직이고 있었다.

정문으로 달려가는 사내들의 어깨에는 무언가 들어 있는 듯 제법 묵직해 보이는 가방들이 걸려 있었다.

클린트 루먼이 머리를 끄덕였다.

"가자."

클린트 루먼의 말이 끝나기도 전에 이미 조수석의 문이 열리면서 육중한 존 잭슨이 차에서 내려섰다.

별명처럼 곰 같은 체구였지만 체격답지 않게 제법 재빠른 편이었다.

뒷좌석에서도 에릭마쉬가 먼저 차문을 열었고 반대편 문을 연 클린트 루먼도 차에서 내려섰다.

먼저 침투한 자들과는 달리 그들은 손에 아무것도 들지 않았다.

이내 차에서 내린 세 사람이 성큼 저택의 정문 쪽으로 향했다.

한낮과는 달리 새벽의 공기는 열기가 사라져 약간 차가운 느낌이 들었다.

클린트 루먼은 이렇게 약간 싸늘한 공기가 더 마음에 드는 듯 걸음걸이가 시원했다.

클린트 루먼이 타고 있던 캠리 승용차에서 내린 세 사람은 앞쪽의 승합차에 타고 있던 사내들과는 달리 모두가 클린트 루먼처럼 양복차림이었다.

또한 양복에 어울리는 구두를 신고 있었기에 저택으로 이어진 자갈길을 밟자 약간은 거슬리는 발걸음소리가 조용한 정적을 깨뜨렸다.

이내 세 사람이 열려진 저택의 정문 사이로 걸어 들어갔다.

이제 저택의 입구에 남아 있는 것은 돌아 나올 일행들을 기다리는 두 대의 차뿐이었다.

엔진까지 꺼진 차 안에서 긴장한 표정으로 정적에 휩싸인 저택에서 시선을 떼지 못하는 두 명의 운전사들의 손에

약간의 땀이 차올랐다.

날이 밝으면 아마 뉴욕뿐만 아니라 전 미국이 화들짝 놀랄 정도의 충격적인 소식이 전해질 것이고 그들은 지금 그 현장을 직접 눈으로 보고 있는 중이었다.

"정말 안 올라올 거야?"

침대 위에 누운 한서영이 바닥에 가부좌를 틀고 앉아서 등을 돌리고 있는 김동하를 보며 나직하게 물었다.

에이미 레이얼과 함께 저택의 본관 2층 게스트룸 테라스에서 대화를 나누다 에이미 레이얼이 돌아간 밤 11시가 넘어서 잠자리에 들었다.

하지만 새벽이 되도록 한서영은 좀처럼 잠을 이루지 못하고 있었다.

한서영이 게스트 룸 중앙에 그림자처럼 앉아 있는 김동하를 바라보았다.

김동하는 자신이 정한 자리에서 조금도 움직이지 않고 있었다.

그 시간동안 한서영은 깊은 잠을 자지도 못했고 왠지 무언가 짜증이 나는 느낌도 들었다.

김동하와 함께하는 잠자리는 처음이 아니었다.

김동하의 부모님 흔적을 찾기 위해 백령도에 들렀을 때, 그때에도 김동하와 함께 잠을 잤던 한서영이었지만 그때는 지금과 같은 서운함을 느끼지 않았다.

한서영이 미간을 찌푸리며 입을 열었다.

"한국으로 돌아가면 우린 결혼을 하고 정식으로 부부가 될 거란 말이야. 그러니까 이제 옆에서 자도 된다니까."

한서영으로서는 결혼 전에 넘어서는 안 될 선이 있다는 것을 알고 그것을 지킬 마음도 있었다.

그래서 그냥 김동하와 나란히 함께 같은 침대에서 잠을 잔다는 것으로 충분하다고 생각했다.

하지만 김동하는 그런 한서영의 마음을 모르는 듯 한사코 한서영의 곁에서 잠을 자는 것을 피하고 있는 중이었다.

김동하는 그냥 게스트 룸의 거실에 앉아서 무량기를 수련하며 마음을 다스리고 있는 중이었다.

한서영의 곁으로 가면 본능적으로 자신의 몸이 뜨거워지는 것을 알고 있었기 때문이다.

한서영과 처음 만났을 때 봐서는 안 될 것을 보았고 누구에게도 말할 수 없는 비밀까지 안고 있었지만 마음이 흔들린 적은 없었다.

다만 요즘에 들어서 이렇게 한서영과 단 둘이 있게 되면 수양이 깊은 김동하도 마음이 흔들리는 것이 느껴졌다.

서울에서 같은 아파트의 한 공간에 머물 때에도 생기지 않았던 감정이 먼 이국땅인 미국에서 비로소 느껴진다는

것이 당황스러운 김동하였다.

김동하가 살짝 눈을 뜨면서 입을 열었다.

"그냥 이렇게 있는 것이 저는 편합니다."

한서영이 종알거렸다.

"동하는 편해도 나는 안 편해. 거슬린단 말이야."

한서영이 투덜거리듯 말하자 김동하가 대답했다.

"누님이 불편하시다면 전 그럼 정원으로 내려가 무량기나 수련하도록 하지요."

김동하의 말에 한서영이 얇은 이불을 걷어내고 벌떡 일어나 침대 위에 앉았다.

"뭐라고? 정원으로 나간다고?"

"누님이 불편하시다고 하시니까……."

"씨이~ 정말 이럴래? 결혼하고도 이렇게 할 생각이야? 그 무량긴가 뭔가를 수련하면서?"

한서영의 옷차림은 에이미 레이얼이 가져다 준 얇은 실크잠옷차림이었다.

그 때문에 한서영의 미묘한 몸매의 곡선까지 그대로 드러났다.

김동하 역시 피터 에반스 집사가 가져다 준 파자마와 같은 느낌의 잠옷차림이었다.

"머리 돌려서 날 좀 봐."

한서영이 팔짱을 끼면서 나직하게 말했다.

김동하의 몸이 살짝 흔들렸다.

무량기를 수련한 김동하의 시력은 칠흑같은 어둠 속에서도 대낮처럼 볼 수 있었다.

한서영은 불을 켜지 않은 어둠 속이기에 김동하가 자신을 볼 수 없을 것이라고 생각하겠지만 한서영을 보는 순간 김동하는 또다시 평정심을 잃을 것이 분명했다.

아까 에이미 레이얼이 가져다 준 붉은색의 실크잠옷으로 갈아입은 한서영의 고혹적인 모습을 보며 김동하는 저절로 자신의 얼굴이 붉어지고 있다는 것을 느꼈고 단 한 번도 의식하지 않았던 평정심까지 흔들린다는 것을 느꼈다.

남자의 원초적 본능이 수양이 깊은 김동하까지 흔들리게 만들 정도로 얇은 실크잠옷을 걸친 한서영의 모습은 너무나 고혹적이었다.

만약 수양이 깊지 않았다면 어쩌면 이곳 먼 이국땅에서 한서영에게 몹쓸 짓을 할 수도 있다는 생각이 들어 억지로 이렇게 무량기로 마음을 다스릴 수밖에 없었다.

그런 김동하를 한서영이 가만두지 않는다는 것이 문제였다.

"이젠 날 보지도 않겠다는 거야?"

한서영의 제법 날선 목소리에 김동하가 나직하게 한숨을 불어내며 몸을 돌렸다.

김동하의 눈에 침대 위에 팔짱을 끼고 자신을 바라보고

있는 한서영의 아름다운 얼굴이 들어왔다.

잠을 자기 위해 화장을 지운 한서영의 단아하고 아름다운 얼굴과 희미하게 느껴지는 한서영의 체향을 비롯해 얇은 잠옷위로 드러난 한서영의 뇌쇄적인 몸매까지 단숨에 김동하의 시선에 비쳐졌다.

한서영이 어둠속에서 반짝이는 시선으로 김동하를 바라보고 있었다.

"정말 내 옆으로 오는 게 싫어?"

김동하가 머리를 흔들었다.

"그럴 리가 있습니까? 저에게 여인은 오직 누님뿐인데요."

"그럼 오라고 할 때 왜 안 오는 거야? 내가 무서워?"

한서영의 눈이 초롱초롱해지고 있었다.

김동하가 머뭇거렸다.

사실대로 말하는 것이 왠지 부끄럽고 한서영에게 미안했기 때문이다.

한서영과 함께 평생을 같이 하기로 한 가시버시 부부로 살겠다고 약속은 했다.

그럼에도 성혼을 하기 전에 이렇게 순백한 느낌의 한서영을 더럽히게 만드는 것이 죄가 된다는 느낌이었다.

김동하가 잠시 한서영을 바라보았다.

"제가 어찌 누님을 무서워하겠습니까? 전 누님을 지켜

주려 한 것뿐입니다."

한서영의 눈이 찌푸려졌다.

"날 지켜준다고?"

김동하가 입을 열었다.

"아버님과 어머님 앞에서 누님과 함께 가시버시의 연을 맺기로 약속은 했지만 혼례를 올리지도 않고 같은 잠자리를 쓰는 것은 누님을 더럽히는 것 같아 싫어서 그런 것입니다."

한서영의 눈이 반짝였다.

"그러니까 정식으로 결혼식을 올리고 부부가 될 때까지는 내 옆에서 잠자리를 할 수는 없다는 말이야?"

"누님의 생각이 맞습니다."

한서영이 어이가 없다는 얼굴로 김동하를 바라보았다.

"이게 정말 조선에서 온 남자가 아니랄까봐 삼강오륜 같은 소리하고 있네? 옛말에 남녀칠세부동석이라는 말 있었지?"

김동하가 머리를 들어 한서영을 바라보았다.

"누님도 그 말뜻을 아십니까?"

"흐흐 그게 무슨 뜻인지 알지?"

김동하가 대답했다.

"남녀가 태어나 일곱 살에 이르면 유별하여 같은 자리에 함께 머물지 않는다는 뜻입니다."

한서영이 가지런한 치아를 드러내며 웃었다.

"그런데 그게 요즘 바뀌었다는 것 알아?"

"예?"

김동하의 눈이 동그랗게 변했다.

한서영이 입을 열었다.

"요즘은 남녀칠세 자동석이야."

"자, 자동석이요?"

"남녀의 나이가 일곱 살에 이르면 누가 시키지 않아도 서로 만나 사귀기도 하고 썸도 타고 연애도 한다는 뜻이지. 너처럼 고리타분한 삼강오륜 같은 도덕윤리만 외치다간 평생 홀아비로 살아야 한다는 의미도 있어. 난 지금 애인이 아니라 아예 조만간 부부가 될 남자가 곁에 있는데, 그것도 먼 미국 땅에서 단 둘이 함께 한 방에 있는데 왜 혼자 자야 하냐고 이 멍충이야."

김동하가 어리둥절한 표정을 지었다.

"그게 언제 바뀐 것입니까?"

"뭐가?"

"남녀칠세부동석이 자동석으로 변한 것 말입니다."

김동하의 말에 한서영이 결국 웃음을 터트렸다.

"호호호, 변한 것이 아니라 세상이 바뀌면서 저절로 변하게 된 것이지. 남녀란 실과 바늘 같은 것이어서 하나만으로는 그 무엇도 할 수가 없다는 사실이 세상이 바뀌면서 자연스럽게 사람들의 뇌리에 박혀든 거야. 그 때문에 장성

한 자식들이 누군가를 만나고 누군가와 인연을 맺는다고 해도 부모님들도 크게 나무라지 못하게 된 거야. 언제부턴가 사람들은 그런 것을 두고 남녀칠세 자동석이라는 말로 비틀어서 말하게 된 것이고."

"……."

한서영이 몸을 살짝 앞으로 숙이면서 물었다.

"동하는 날 안아보는 것이 싫어?"

"그, 그게……."

"동하와 부부로 살겠다고 엄마와 아빠 앞에서 약속을 했고 나 역시 동하 외에 다른 남자를 내 남편으로 생각해 본 적이 없어. 하지만 동하가 결혼식까지 날 지켜줄 생각이었다고 하니 그건 참 고맙고 감사하게 생각해. 나 역시 그런 동하가 좋아."

"누, 누님."

"결혼식 전에 날 안아도 동하를 나무랄 사람은 없어. 나 역시 동하가 날 안아도 밀어내지 않을 거야. 하지만 정식으로 결혼을 하여 부부가 되는 날까지 날 지켜주겠다면 그것도 좋아. 뭘 하든 좋지만 그렇게 바닥에 쪼그려 앉아서 밤을 새우지 말고 그냥 내 옆에서 자란 말이야. 무서워 할 필요는 없어. 내가 잡아먹지 않을 거니까. 그냥 내가 손만 잡고 잘 테니까."

한서영의 눈이 보석처럼 반짝이고 있었다.

김동하가 나직하게 한숨을 불어냈다.

"누님이 걱정스러운 것이 아니라 제가 걱정이 되어 그런 것이었습니다."

"뭐?"

"견딜 수 없을지 모르니까요. 누님의 숨결을 느끼게 되면 저 역시 견디지 못하고 누님을 범하게 될 것 같아 저를 누르는 것입니다."

"그럼 범하면 되지."

"예?"

"상관하지 않는다고 했잖아. 한국으로 돌아가는 즉시 결혼식을 올리겠다고 말한 순간 난 이미 모든 것을 받아들일 준비가 된 거란 말이야 멍충아."

말을 하는 한서영의 얼굴이 어둠 속에서 새빨갛게 달아올랐다.

한서영은 김동하가 모를 것이라고 생각했지만 어둠 속에서도 대낮처럼 볼 수 있는 김동하에게는 이미 한서영의 새빨갛게 달아오른 얼굴이 들켜버렸다.

김동하의 얼굴도 붉어지고 있었다.

김동하가 잠시 머뭇거리다가 입을 열었다.

"정말 손만 잡고 자는 겁니다."

한서영의 얼굴이 이제는 목덜미까지 시뻘겋게 달아올랐다.

"그래. 손만 잡고 잘 거야. 이씨~ 내가 살다 살다 어떻게 이런 레퍼토리까지 하게 될 줄 몰랐네. 도도하기로 소문이 났던 이 한서영이 어쩌다 이런 지경이 된 거야?"

한서영의 새빨갛게 달아오른 얼굴에 약 오른 표정이 역력했다.

한서영의 대답을 들은 김동하가 약하게 한숨을 불어내며 앉아 있던 자리에서 일어섰다.

그런 김동하를 한서영이 기대에 찬 시선으로 바라보고 있었다.

'흥! 손만 잡고 잔다고? 에이미 같은 여자도 호시탐탐 널 노리는데 내가 그냥 두 눈 멀쩡히 뜨고 내 남자를 뺏기게 가만히 둘 것 같아? 오늘밤 넌 내남자로 도장을 꽉 찍어놓을 거야. 각오해.'

머릿속으로 이미 김동하를 자신의 남자로 만들 작심을 하고 있는 한서영이었다.

오늘밤이 지나면 조선에서 온 이 남자는 영원히 자신의 남자가 될 것이라고 생각하고 있는 한서영의 사악한(?) 음모가 그녀의 머릿속에서 그려지고 있었다.

몸을 일으켜 한서영이 앉아 있는 침대로 다가서던 김동하의 몸이 멈칫했다.

한순간 김동하의 눈에서 시퍼런 안광이 섬광처럼 뻗쳐나왔다.

한서영의 얼굴이 굳어졌다.

"왜, 왜 그래?"

한서영은 갑자기 김동하의 눈에서 시퍼런 안광이 흘러나오자 온몸이 딱딱하게 굳는 느낌이 들었다.

마치 정수리에 무언가 박혀드는 듯한 섬뜩함이었다.

김동하가 한서영을 보며 입을 열었다.

"누군가 찾아왔습니다."

"뭐?"

"의도는 알 수 없지만 욕심과 살심으로 가득한 손님들이 찾아온 것 같습니다."

김동하의 얼굴이 싸늘하게 변했다.

레이얼가의 저택은 김동하의 무량기의 기운이 잔뜩 펴져 있었기에 누군가 그 무량기의 기운 속으로 들어오게 되면 김동하에게 걸려들게 되어 있었다.

지금 김동하는 토마스 레이얼 회장의 가족을 약물중독으로 위장시켜 죽이고 자신과 한서영을 납치하려는 킹덤의 손님들이 저택으로 들어온 것을 알아낸 것이었다.

저택의 담장과 저택 곳곳에 설치된 최첨단의 동작 감시센서나 보안설비까지 무력화시킨 킹덤의 조직원이었지만 정작 김동하라는 조선남자의 감각은 벗어나지 못했다.

김동하는 일단의 조직원들이 저택의 별채와 본채로 움직이는 것을 느끼고 있었다.

김동하의 무량기에 감지된 기척은 모두 9명이었다.

단 한명도 빠트리지 않고 김동하의 무량기에 모두 걸려들었다.

김동하의 눈이 서늘하게 변했다.

별채와 본채로 움직이는 9명의 몸에서 흘러나오는 기운은 예전에 천공불진을 열기 전에 둘째 사숙에게서 느껴졌던 사악한 살기까지 감지되고 있었다.

살기는 사람을 해칠 때 저절로 흘러나오는 기운이었기에 김동하에게는 그야말로 해진사숙을 다시 만난 것 같은 느낌이었다.

한서영은 갑자기 달라진 김동하의 모습을 보며 머리끝이 쭈뼛 솟구치는 느낌이 들었다.

"욕심과 살기라고?"

김동하가 머리를 끄덕였다.

"모두 9명의 손님들입니다. 아무래도 토마스 회장을 노리는 것 같습니다."

"어, 어떡해?"

한서영은 한국과 달리 이곳이 미국이며 미국은 총을 아무렇지 않게 사용할 수 있다는 것을 알고 있었다.

그 때문에 비록 몸에 엄청난 힘을 가지고 있는 김동하라고 해도 걱정하지 않을 수가 없었다.

더구나 9명이나 되는 많은 사람들이 이런 한밤중에 몰래

저택에 숨어들 정도라면 그 의도가 무엇이든 절대로 좋지 않을 것임을 느끼고 있었다.

김동하가 한서영을 보며 입을 열었다.

"누님은 절대로 나오지 마세요. 문을 단단히 잠그고 여기서 절 기다리고 있으면 됩니다."

한서영이 머리를 흔들었다.

"시, 싫어. 나도 함께 갈 거야."

한서영은 이 세상에서 가장 안전한 곳을 찾으라면 당연히 김동하의 곁이라고 생각했다.

김동하의 곁이라면 그 무엇도 자신을 해치지 못할 것임을 알고 있었기 때문이다.

김동하가 머리를 흔들었다.

"손님들이 많아서 누님을 지켜드리기 힘들 겁니다. 제가 실수를 할 수도 있고요."

혼자서 저택의 이곳저곳에 흩어진 침입자들을 상대하려면 바쁘게 움직여야 할 것이다.

그럴 경우 자칫 한서영을 위험에 빠트리는 실수를 할 수도 있다고 생각한 김동하였다.

김동하가 고집을 피우는 한서영을 물끄러미 바라보았다.

좀 전에는 자신에게 당당하게 따져대는 한서영이었지만 지금의 한서영은 겁에 질린 연약한 여인의 모습일 뿐이었다.

김동하가 한서영의 얼굴 앞으로 자신의 얼굴을 내밀었다.

"이 세상에서 그 누구도 나에게서 누님을 뺏어가지 못할 테니 그냥 이곳에서 기다려요."

말을 마친 김동하의 입술이 한서영의 입술에 부드럽게 닿았다.

한순간 한서영의 몸이 부르르 떨렸다.

얇은 잠옷만 걸친 한서영이었기에 그녀의 떨림은 김동하에게 너무나 상세하게 느껴졌다.

첫 입맞춤이었다.

한서영의 눈이 몽롱하게 변하며 저절로 감기고 있었다.

한서영의 코끝으로 김동하의 몸에서 흘러나오는 너무나 좋은 남자의 향기가 흘러들어왔다.

이 세상에서 태어나 처음으로 남자의 입술을 느껴보는 한서영이었지만 그 달콤한 감각이 이런 순간에 찾아오게 될 것이라곤 짐작조차 하지 못했다.

김동하의 입술이 자신의 입술에 닿는 순간 한서영은 온몸에서 힘이 빠져나가는 느낌이었다.

잠시 부드러운 한서영의 입술에 머물던 김동하의 입술이 떨어지며 이번에는 이마에 닿았다.

입술의 느낌과는 전혀 다른 느낌의 감각이었지만 그럼에도 한서영의 감은 눈은 떠지지 않았다.

"빨리 돌아올게요."

"……."

머리조차 끄덕여지지 않는 달콤한 감각에 한서영은 아무 말도 하지 못했다.

이내 한서영의 품에서 무언가 빠져나가는 듯한 느낌이 들었다.

김동하가 게스트 룸의 테라스를 통해 정원으로 사라진 것이다.

한동안 한서영은 침대 위에 앉아 아무것도 하지 못한 채 눈을 감고 있었다.

정작 오늘밤에 김동하를 자신의 남자로 만들 귀여운 음모를 꾸몄던 한서영이었지만 지금 김동하의 단 한 번의 입맞춤만으로 머릿속이 하얗게 비워질 정도의 충격을 받게 될 것이라곤 한서영 자신도 모르고 있었다.

"케빈이 보안실의 전기를 차단하면 이곳의 시그널이 꺼집니다. 이제 곧 전기를 차단할 것이니 그때 들어가면 문제가 없을 겁니다."

저택으로 먼저 들어온 클레이튼 위터드가 굳은 표정으로 서 있는 클린트 루먼을 보며 입을 열었다.

양복차림에 뒷짐을 진 모습으로 붉은색의 시그널 등이 켜진 상자를 바라보고 있는 클린트 루먼이 낮게 중얼거렸다.

“3분 안에 이게 꺼지지 않으면 그냥 들어간다.”

클린트 루먼의 말에 클레이튼 위티드가 어금니를 깨물었다.

냉정하고 치밀한 클린트 루먼의 말은 결코 빈말이 아니라는 것을 너무나 잘 알고 있는 클레이튼 위티드였다.

그가 빠르게 어깨 위의 무전기를 집어 들었다.

치익—

“캐빈! 3분 안에 끝내.”

저택으로 들어온 순간 별채로 향한 캐빈 와이렉과 채널을 맞추어 놓은 무전기였다.

무전기에서 캐빈 와이렉의 목소리가 들렸다.

—별채로 들어왔습니다. 보안실로 향하는 중입니다.

“서둘러.”

—카피.

캐빈 와이렉의 대답을 마지막으로 무전이 끊어졌다.

저택 본채의 현관 입구의 앞에는 6명의 검은 그림자들이 서 있었다.

그들의 눈앞에는 붉은색의 시그널 램프가 반짝이고 있는 철제로 만들어진 박스가 붙어 있는 벽이 있었다.

저택의 출입을 감지하는 보안장치였다.

저택 본채의 창문을 비롯해서 본채의 모든 출입구와 연결되어 있는 보안장치였다.

강제로 문을 열려고 하거나 충격을 가한다면 레이얼가 저택에 장치되어 있는 보안장치가 일제히 가동된다.

또한 저택의 본채와 별채에 머무는 모든 사람들이 밖으로 달려 나올 것이고 그것은 오늘밤의 임무가 실패한다는 것을 의미했다.

뒷짐을 지고 있던 클린트 루먼이 손을 앞으로 돌려 자신의 왼쪽 손목을 살짝 선어 올렸다.

장갑을 낄 정도로 추운 날씨는 아니었지만 지금 클린트 루먼의 손에는 검은색의 가죽장갑이 끼워져 있었다.

장갑 사이로 드러난 그의 손목에는 황금색의 롤렉스 손목시계가 채워져 있었다.

평소에도 몸에 향수를 뿌리고 시계나 반지 그리고 구두와 모자 같은 것을 좋아하는 클린트 루먼의 취향답게 값비싼 시계였다.

그가 담담한 시선으로 자신의 손목시계를 내려다보았다.

새벽 2시 18분.

3분이 되려면 2시 21분이 되어야 하지만 그는 분침이 20분에 도달하면 그대로 안으로 들어갈 심산이었다.

그렇게 되면 애초의 계획과는 달리 토마스 레이얼 회장 일가족 외에 다른 희생자가 더 늘어나게 되겠지만 그것도 상관없다고 생각했다.

어차피 토마스 레이얼 회장이 죽으면 로빈 레이얼이 회장직을 승계하는 것은 변하지 않을 것이기 때문이다.

다만 그것을 자연스럽게 보이기 위해서 약물과용으로 위장할 계획이었을 뿐이다.

하지만 기다리거나 지체되는 것이 병적으로 싫은 클린트 루먼으로서는 그냥 빨리 이곳의 일을 해치우고 돌아가는 것이 편하다고 생각했다.

이제 시계가 막 20분을 지나려는 순간 클린트 루먼이 입술을 잘근 깨물고 문을 강제로 열어젖힐 생각인지 손목시계를 덮었다.

그때였다.

삐잇―

딸칵―

날카로운 전자음과 함께 지금까지 깜박이고 있던 보안기의 시그널 램프가 한순간에 꺼졌다.

막 눈앞으로 다가서던 클린트 루먼의 입술 끝이 살짝 말려 올라갔다.

기막힌 타이밍이라는 생각에 저절로 기분이 좋아졌다.

보안경보기가 꺼지면서 저택의 모든 문은 이제 무방비 상태로 변했다.

클린트 루먼이 힐끗 머리를 돌려 클레이튼 위터드를 바라보았다.

"약속된 대로 넌 안으로 들어가는 즉시 보스가 말한 그 한국에서 왔다는 의사계집과 사내놈을 잡아서 확보해. 반항하면 사내놈은 거칠게 다뤄도 좋지만 계집은 온전히 보스께 데려가야 한다는 것도 잊지 말고."

클린트 루먼의 말에 클레이튼 위티드가 비대한 몸집을 살짝 움직이며 대답했다.

"알겠습니다."

클레이튼 위티드의 하얀 눈자위가 번들거렸다.

이곳 레이얼가의 저택으로 들어온 9명의 킹덤 조직원들은 각자가 맡은 임무가 있었기에 미리 계획된 대로 움직여야 했다.

김동하와 한서영을 데려가는 것은 저택의 보안시스템을 무력화 시키고 정문을 개방한 클레이튼 위티드와 두 명의 부하들이 맡은 임무였다.

별채의 임무는 저택 보안설비를 장악해야 하는 캐빈 와이렉과 두 명의 부하들이 맡았다.

토마스 레이얼 회장과 그의 아내 안젤리나 부인과 에이미 레이얼을 약물 중독으로 제거하는 것은 클린트 루먼과 존 잭슨 그리고 에릭마쉬가 맡은 임무였다.

클린트 루먼이 마치 자신의 집 문을 여는 것처럼 레이얼가 본채의 현관문을 열었다.

끼익—.

육중한 문이 천천히 안으로 밀려들며 열렸다.

이내 짙은 정적에 감싸인 레이얼가 저택의 본채의 전경이 드러났다.

저택의 거실은 무척이나 넓었고 벽에서는 희미한 불빛이 흘러나왔다.

클린트 루먼이 아무렇지 않은 얼굴로 안으로 들어섰다.

이미 저택의 안채 구조가 어떻게 만들어져 있는지는 듀크 레이얼로부터 그림까지 그려가며 자세하게 들어서 마치 몇 번을 방문한 것처럼 익숙했다.

"저쪽이 아니면 2층이겠군."

듀크 레이얼이 토마스 레이얼 회장이 머물고 있는 곳으로 추측되는 두 곳을 알려주었다.

한곳은 본채 1층의 토마스 레이얼 회장이 암으로 투병하던 병실로 사용했던 집무실 겸 연구실이었고 다른 한곳은 저택 오른쪽의 이층 침실이었다.

클린트 루먼이 잠시 저택의 내부 풍경을 눈에 익히려는 듯 그 자리에 서서 주변을 둘러보았다.

그의 뒤로 재미있는 구경을 하는 듯한 묘한 미소를 머금은 에릭마쉬가 주변을 돌아보고 있었다.

거의 사람의 기척이라고는 전혀 느껴지지 않는 안채의 분위기였다.

클린트 루먼이 입술을 살짝 움직여 미소를 머금었다.

"수천억 달러를 가진 거부의 저택치고는 그다지 화려한 느낌은 아니군 그래."

클린트 루먼의 뒤를 따라 본채의 거실로 들어선 클레이튼 위티드가 두 명의 부하들과 함께 거실의 왼쪽으로 움직였다.

미리 계획된 대로 저택의 이층 게스트 룸에 머물고 있을 것으로 예상되는 한국에서 건너온 남녀 의사들을 확보하기 위해서였다.

세 사람은 다람쥐처럼 재빨리 왼쪽의 계단 쪽으로 향했고 그런 그들을 지켜보는 클린트 루먼의 표정은 무표정하기만 했다.

레이얼가의 저택 2층으로 올라가는 방법은 모두 세 가지였다.

왼쪽의 계단과 오른쪽의 계단 그리고 중앙의 계단을 통해서였다.

보통은 왼쪽의 계단은 외부의 손님들이 저택의 본채에 머물 경우 이층에 마련된 게스트 룸으로 오르는 계단이었다.

오른쪽의 계단은 저택에서 일하는 하인들이나 식솔들이 사용하는 계단이었고 아래층의 주방 쪽과 이어져 있다는 것이 특징이라고 할 수가 있었다.

세 개의 계단 모두 이층에서 모두 만나게 되겠지만 오래

된 고성의 느낌으로 만들어진 저택의 구조를 참고로 해서 설계한 것이다.

"기분 나쁠 정도로 조용한 것이 마음에 들지 않는군."

낮게 중얼거린 클린트 루먼이 이내 얼마 전까지 토마스 레이얼 회장이 투병으로 누워 있던 병실로 사용한 집무실 겸 연구실이 있는 곳으로 걸음을 옮겼다.

뚜벅뚜벅.

크진 않았지만 클린트 루먼의 구두가 거실의 바닥을 울리는 소리가 정적을 밀어내고 있었다.

그의 뒤를 존 잭슨과 에릭마쉬가 조용히 따르고 있었다.

존잭슨의 손에는 언제 뽑아든 것인지 은빛의 칼날이 번들거리는 정글도와 같은 섬뜩한 칼이 들려 있었다.

에릭마쉬의 손에도 위쪽은 톱니 같은 형태의 짧은 칼이 들려 있는 모습이었다.

보기만 해도 소름이 끼칠 것 같은 섬뜩한 칼을 들고 움직이는 두 사람의 모습은 그야말로 죽음을 집행하는 사신처럼 소름끼쳤다.

조용히 일을 마치고 저택을 나갈 때까지 누구라도 본채의 거실로 나올 경우 살려두어서는 안 된다.

그 사실을 알고 있는 두 사람이었기에 은밀하게 처리하기 위해 총 대신 칼을 든 것이다.

두 사람 모두 칼을 사용하는 것에 익숙했기에 오히려 이

런 임무라면 총 대신 칼을 사용하는 것이 편했다.

특히 에릭마쉬의 경우에는 자신의 칼날이 상대의 살을 베고 뼈까지 갈아내는 그 사각거리는 느낌을 너무나 좋아했다.

상대의 피가 묻은 칼날을 혀로 핥을 때의 그 비장함을 쾌락처럼 즐기는 에릭마쉬의 사이코패스 기질 때문이었다.

반대로 존 잭슨의 경우는 말없이 사내의 목을 마치 나무토막을 잘라내듯 정글도로 날려버리는 것을 좋아했다.

킹덤의 초창기에 마이클 할버레인과 함께 할렘의 영역을 두고 다투었던 블랑카 조직의 몬스터라 불렸던 벤 루카스를 보스가 보는 눈앞에서 정글도로 머리를 떨구었던 일화는 아직도 존 잭슨의 무용담에 반드시 포함될 정도로 잘 알려진 이야기였다.

그런 두 사람이 조용히 클린트 루먼의 뒤를 따르고 있었다.

이내 굳게 닫힌 1층의 문 앞에 선 클린트 루먼이 망설이지 않고 그대로 문의 손잡이를 비틀었다.

딸칵.

손잡이가 너무나 쉽게 돌아가며 문이 열렸다.

열려진 문의 안쪽으로 망설임 없이 들어선 클린트 루먼의 눈이 재빨리 주변을 훑었다.

아무도 없는 듯 조용한 침묵이 어둠 속을 가득 채우고 있는 방이었다.

클린트 루먼의 이마가 찌푸려졌다.

"여기가 아니라면 침실인가? 그렇다면 오히려 잘된 일이겠군. 번거롭게 찾아다닐 필요 없이 한곳에서 모두 해결할 수 있을 테니까."

말을 마친 클린트 루먼이 이내 몸을 돌렸다.

그때였다.

"누군지는 모르겠지만 주인이 초대한 것 같지도 않은 이 시간에 몰래 숨어 들어와 남의 잠을 깨우는 것은 실례가 아닐까요?"

참으로 담담한 목소리였다.

목소리가 들려온 것은 클레이튼 위티드와 두 명의 부하들이 이층으로 올라가려던 계단 쪽이었다.

다시 계단에서 누군가 입을 열었다.

"몰래 온 손님이라면 기척을 감추는 것이 정상적인데 당신들은 기척을 감출 생각도 없어 보이는군요."

천천히 계단을 내려오는 검은 그림자에게서 나직한 목소리가 흘러나왔다.

순간 클린트 루먼이 그 자리에서 멈추어 섰다.

검은색의 그림자 하나가 왼쪽 계단을 통해 이층으로 올라가려는 클레이튼 위티드와 부하 두 명의 앞을 가로막은 채 계단 한가운데 서서 이쪽을 바라보고 있는 것이 보였다.

클레이튼 위티드는 갑작스럽게 계단 위쪽에서 나타난 검은 그림자를 보며 당황한 듯 멍한 표정을 지었다.

"누, 누구야?"

황급히 소리를 치던 클레이튼 위티드가 자신도 모르게 허리춤을 더듬었다가 이마를 찌푸리며 물러섰다.

평소라면 자신의 총이 걸려 있어야 할 허리춤에 총 대신 짧은 대검이 길러 있는 것에 당황한 탓이다.

총은 자신의 등에 메고 있는 가방 속에 들어 있었기에 지금 총을 꺼내는 것은 멍청한 짓이었다.

눈앞에 나타난 검은 그림자가 총을 꺼내길 기다리고만 있지는 않을 것이 분명했다.

짙은 어둠에 덮여 상대의 모습을 확실하게 볼 수는 없었다.

하지만 상대가 무기를 가지고 있을 경우 자신이 가방에서 총을 꺼내기 전에 자신이 먼저 당할 수도 있다.

클레이튼 위티드와 이층으로 올라가려던 부하들이 주춤 뒤로 물러섰다.

다른 부하들 역시 가능한 총을 사용하지 말라는 지시로 인해 총을 차에 두고 왔거나 가방 속에 들어 있었기 때문이다.

이층으로 올라가려던 클레이튼 위티드 팀이 뒤로 물러서자 그것을 지켜보던 클린트 루먼의 미간이 좁혀졌다.

예상하지 않은 존재의 등장이었다.

클린트 루먼이 나직하게 중얼거렸다.

"빌어먹을, 조용히 처리하고 나갈 수 있을 것이라고 생각했는데……."

조용히 토마스 레이얼 회장과 그 식구들만 처리하면 될 것이라고 생각했던 클린트 루먼은 예상하지 않았던 존재의 등장이 마음에 들지 않았다.

이층의 게스트 룸으로 올라가서 한국에서 건너온 두 남녀의사를 확보한다는 계획이 어긋나는 것이 마음에 들지 않았다.

김동하가 토마스 레이얼 회장이 누워 있었던 병실의 입구 쪽에 양복을 걸친 모습으로 자신을 바라보고 있는 클린트 루먼의 얼굴을 찬찬히 바라보았다.

"무슨 이유인지 모르나 당신들의 몸에서 사람의 생명을 해치기 위해 의도적인 살의가 느껴지는 것이 이상하군요. 특히 그쪽, 당신의 몸에서 참 진한 살기가 느껴지는 것 같은데… 당신 뒤의 두 분도 그렇지만……."

김동하는 클린트 루먼과 그의 뒤쪽에 서 있는 존 잭슨과 에릭마쉬의 몸에서 흘러나오는 사악한 기운까지 단번에 읽고 있었다.

클린트 루먼은 어둠 속의 계단 한가운데서 자신을 바라보고 있는 검은 그림자가 자신에게 말을 걸어오자 묘한 기

분이 들었다.

"넌 누구지?"

클린트 루먼의 입에서 투박한 말투가 흘러나왔다.

킹덤의 조직을 자신의 머리 하나 만으로 관리할 정도로 스스로에 대한 자부심이 대단했던 클린트 루먼으로서는 지금의 이 상황이 짜증이 났다.

자신이 치밀하게 짠 계획이 틀어지고 있다는 방증이기 때문이었다.

김동하가 천천히 입을 열었다.

"내가 누군지 물어보는 것 보다 이렇게 이유 없는 살기를 품고 몰래 불청객처럼 찾아온 손님들께서 스스로를 밝히는 것이 더 옳지 않을까요?"

김동하는 어둠 속에서 자신을 쏘아보고 있는 클린트 루먼의 두 눈에 잊고 싶은 둘째 사숙 해진과 같은 종류의 사악한 열기가 배어 있다는 것을 느끼고 있었다.

그것은 악이며 마의 기운이라는 것을 너무나 잘 알고 있는 김동하였다.

클린트 루먼이 어금니를 깨물었다.

"거슬리는 자로군."

그때 클린트 루먼의 뒤에 서서 갑자기 계단 한가운데 모습을 드러낸 그림자를 바라보고 있던 에릭마쉬가 입을 열었다.

"클린트, 아직 저자가 저택의 다른 사람들을 깨운 것 같지는 않습니다. 제가 처리하지요."

에릭마쉬의 말에 클린트 루먼이 머리를 끄덕였다.

"소란 피우지 말고 조용히 처리해. 다행히 총을 가지고 있는 것 같지는 않으니 소리 없이 저자만 처리하고 바로 진행한다."

"알겠습니다. 클린트."

에릭마쉬가 클린트 루먼의 허락을 받은 것이 마음에 들었는지 이를 드러내며 환하게 웃었다.

195cm가 넘는 장신이었지만 그의 몸은 그야말로 살점이 없는 뼈다귀뿐인 것 같은 깡마른 몸이었다.

더구나 마치 돌기처럼 튀어나온 광대뼈와 웃을 때 드러나는 잇몸은 상대를 위축시키는 효과까지 있었다.

에릭마쉬의 회색빛 눈동자가 번들거렸다.

갑자기 나타난 김동하에게 2층으로 오르는 계단이 막혔던 클레이튼 위티드와 2명의 사내들이 멈칫하며 뒤로 물러섰다.

한국에서 온 여자의사와 남자의사를 보스에게 데려갈 임무를 맡은 클레이튼 위티드는 눈앞에 나타난 남자가 자신이 데려가려던 한국에서 온 남자의사라고는 생각하지 못했다.

더구나 거실의 불빛이 꺼진 상황에서 김동하의 생김새까

174

지 정확하게 알아보는 것은 어려운 일이었다.

그때였다.

파악—

어둡던 거실에서 갑자기 눈부신 조명이 켜졌다.

어둠에 익숙해 있던 킹덤의 조직원들은 갑자기 켜진 불빛에 이마를 찌푸리며 손을 들어 눈부심을 막았다.

거실의 불이 켜지면서 누군가의 무척 놀란 목소리가 들렸다.

"다, 당신들 누구요? 무슨 일로 찾아온 것이오?"

클린트 루먼이 어금니를 깨물며 몸을 굳혔다.

"망할… 소리 없이 조용히 끝내려고 했더니…….'"

클린트 루먼의 눈동자가 흔들리고 있었다.

거실의 불이 켜진 이상 자신과 부하들의 침입이 발각되었기에 조용히 끝내는 것은 이미 틀린 일이라고 생각했다.

이렇게 된 이상 자신과 부하들을 목격한 사람들은 모두 죽여서라도 입막음을 해야 한다는 생각이 들었다.

그때 환하게 불이 켜진 거실의 한쪽에서 조금 전의 목소리가 들려왔다.

"괘, 괜찮으십니까? 닥터 김."

굵직한 남자의 목소리는 살짝 흔들리는 듯했다.

하긴 이 조용한 레이얼가의 저택을 한밤중에 보안경보장치까지 해체하며 숨어 들어온 사람들이라면 결코 호의를 가지고 찾아온 사람이 아니라는 것은 세 살 먹은 어린아이도 알 일이었다.

갑자기 거실의 불을 켠 사람은 저택의 집사인 피터 에반스였다.

김동하는 저택으로 숨어든 9명의 사내들이 저택의 별채 팀까지 나눠서 흩어지자 혼자서 해결하는 것이 조금 번거로울 거라 여겼다.

그래서 밤늦게 잠자리에 든 저택의 집사인 피터 에반스를 깨워 별채에 침입자가 있다는 사실을 통보하라고 했다.

김동하의 방문에 화들짝 놀란 피터 에반스가 별채로 전화를 했지만 아무도 받지 않았다.

그는 불안한 마음에 친구이자 가주인 토마스 레이얼 부부와 그들의 딸인 에이미 레이얼을 피신시키고 이곳 거실로 달려왔다.

거실의 불이 켜지자 2층으로 오르는 계단에 서 있던 김동하의 모습이 완전히 드러났다.

언제 갈아입은 것인지 흰색의 와이셔츠에 검은색의 양복 바지를 입은 평범해 보이는 모습이었다.

김동하가 담담한 목소리로 입을 열었다.

"전 괜찮습니다. 회장님은 안전하게 피하셨습니까?"

김동하의 말에 에반스 집사가 대답했다.

"예. 닥터김이 미리 알려주신 덕분에 회장님 내외분과

에이미 아가씨까지 와인저장고가 있는 지하로 안전하게 모셨습니다."

"그곳은 안전한 곳인가요?"

피터 에반스 집사가 대답했다.

"안에서 문을 닫아걸면 저택의 한가운데서 폭탄이 터진다고 해도 그곳은 멀쩡할 겁니다. 걱정하지 마십시오. 닥터 김."

"알겠습니다."

피터 에반스가 급하게 토마스 레이얼 가족을 피신시킨 지하의 와인 저장고는 사실상 이 저택에서 가장 안전한 곳이라고 할 수가 있었다.

이 저택은 100년 전 세계 제 1차 대전 직후 만들어진 저택이었다.

그때 저택의 전 주인이 전쟁으로 인해 세상이 멸망할 수 있을지 모른다고 생각해서 자신과 자신의 가족이 안전하게 생존할 수 있도록 저택건설에 엄청난 공을 들였다.

그 결과 저택의 지하에 바깥으로 나오지 않고도 몇 년을 생존할 수 있는 공간을 만들었고, 그곳이 바로 피터 에반스가 말한 지하 와인저장고였다.

와인저장고의 가장 얇은 바닥만 해도 근 1m가 넘는 두께의 석조 구조물로 되어 있었다.

천정과 입국의 벽면은 웬만한 폭탄으로도 끄떡하지 않을

정도의 두꺼운 석벽이었다.

때문에 석벽의 안에서 잠금장치를 가동하면 그 누구도 들어가지 못할 정도였다.

그런 은밀한 공간을 토마스 레이얼 회장은 자신의 와인 창고로 사용하고 있었다.

토마스 레이얼 회장으로서는 굳이 그런 공간으로 숨어야만 할 이유가 없었기 때문이다.

한편 킹덤의 조직원들을 이끌고 레이얼가를 침입한 클린트 루먼의 얼굴이 일그러졌다.

"빌어먹을……."

클린트 루먼은 거실의 불을 켠 피터 에반스와 김동하가 나누는 대화를 듣고 이미 토마스 레이얼 회장 부부가 몸을 피했다는 것을 간파했다.

보스인 마이클 할버레인의 앞에서 오늘 밤의 일을 마무리하는 것에 아무 문제가 생기지 않을 것을 장담하며 큰소리친 클린트 루먼이었다.

하지만 자신의 생각과는 달리 일이 틀어지자 화가 났다.

더구나 뒤늦게 나타나 거실의 불을 켠 사내가 2층으로 오르는 계단의 한가운데 서 있는 남자를 보며 닥터 김이라고 부르는 걸 듣고 그가 한국에서 온 두 명의 의사 중에 남자의사라는 사실을 직감했다.

클린트 루먼이 이마를 찌푸리며 김동하를 바라보았다.

"네가 한국에서 왔다고 하는 그 의사 중 한 명인 모양이군? 그렇다면…….."

클린트 루먼은 자신의 눈앞에 김동하가 있다면 한서영도 멀지 않은 곳에 있을 것이라고 생각했다.

김동하가 클린트 루먼을 바라보았다.

"나에 대해서 들은 것이 있는 모양이군요?"

김동하는 클린드 루먼의 몸에서 흘러나오는, 흡사 둘째 사숙 해진의 그 음습하고 사악한 천성과 쌍둥이처럼 닮은 기질을 느끼고 있었다.

그의 뒤쪽에 서 있는 키가 큰 꺽다리 남자의 몸에서도 비슷한 느낌의 기질이 느껴졌지만 클린트 루먼처럼 심계가 깊은 느낌은 아니었다.

클린트 루먼은 자신이 생각한 대로 눈앞의 김동하가 그 한국에서 온 의사 중 남자의사라는 것에 입맛을 다셨다.

"이 시간에 우리가 저택을 찾아온 것을 제일 먼저 눈치챈 사람이 자네인 모양이로군?"

김동하가 담담하게 대답했다.

"잠이 없는 편이라서."

"언제부터 알아챈 것인가?"

김동하가 계단 아래쪽으로 한발 내려서며 입을 열었다.

"처음부터 알고 있었습니다."

"그래?"

"좋은 의도를 가지고 찾아온 사람들이 아니라는 것도 알고 있었지요."

말을 마친 김동하가 물끄러미 클린트 루먼을 바라보았다.

클린트 루먼은 김동하가 자신을 쏘아보자 이를 악물었다.

그가 머리를 돌려 에릭마쉬를 바라보며 입을 열었다.

"에릭, 계획을 바꾼다. 보이는 대로 모두 처리하고 떠난다."

클린트 루먼의 옆에 서 있던 에릭마쉬가 눈을 치켜떴다.

"모두 해치웁니까?"

"하나도 살려두지 마. 모두 죽인다."

클린트 루먼은 이렇게 된 이상 자신들이 침입한 흔적을 지우고 빠르게 이곳을 떠나는 것이 최선이라고 판단했다.

"알겠습니다. 존 잭슨, 너도 들었지?"

말을 마친 에릭마쉬가 김동하를 향해 손을 쭉 뻗었다.

평소에도 성격이 급한 에릭마쉬는 이미 계획이 틀어진 이상 눈앞에 보이는 대로 모조리 죽이고 토마스 레이얼 회장과 그 가족을 찾아내 모두 죽인 뒤 저택을 빠져나가면 된다는 판단을 내린 클린트 루먼의 결정이 옳다고 생각했다.

그로서는 클린트 루먼의 지시가 반갑기만 했다.

판단을 내린 에릭마쉬의 행동은 무척이나 재빨랐다.

이미 저택에서 외부로 나가는 전화회선과 보안선은 모두 해체시켜 놓았다.

그럼에도 시간을 지체한다면 어떠한 변수가 생길지 알 수 없다는 것을 잘 알고 있는 에릭마쉬였다.

그 때문에 지금 눈앞에 닥친 상황부터 처리하는 것이 먼저라고 생각했다.

생각을 정리하고 행동으로 옮긴 그의 손에는 검은색의 쇠뭉치가 들려 있었다.

베레타였다.

이탈리아에서 만든 권총으로 미국명으로는 M9이라는 명칭으로도 불리는 총으로 키가 큰 에릭마쉬의 손에는 손바닥보다 작게 느껴질 정도의 크기였다.

처음에는 김동하를 자신의 대검으로 잘게 잘라놓을 생각이었던 에릭마쉬는 이미 대검을 사용할 생각을 버렸다.

에릭마쉬는 허리춤에 찔러놓았던 뽑아든 순간 총구를 김동하에게 돌렸다.

무척이나 재빠른 동작이었다.

그때였다.

"총입니다. 피하십시오 닥터 김."

피터 에반스가 하얗게 질린 얼굴로 소리쳤다.

에릭마쉬의 손에 들린 것이 총이라는 것을 단숨에 알아

차린 피터 에반스였다.

이미 피터 에반스는 이런 시간에 저택을 몰래 찾아온 무리들이라면 당연하게 총을 가지고 있을 것이라고 예상했다.

침입자들이 총구를 김동하에게 겨냥하자 기겁을 하며 비명과 같은 고함을 질렀다.

신과 같은 능력을 가진 김동하였지만 그 역시 인간의 몸을 가지고 있는 이상 총을 이길 수는 없을 것이라고 생각한 피터 에반스의 다급한 경고였다.

순간 에릭마쉬의 뒤쪽에 서 있던 존 잭슨이 그대로 윗옷을 젖히며 겨드랑이에 걸려 있던 긴 막대와 같은 머신건의 총구를 한쪽으로 겨냥하며 입을 열었다.

"망할, 제대로 되는 것이 없군 그래."

존 잭슨의 총구가 향한 곳은 비명과 같은 고함소리를 터트린 피터 에반스가 서 있는 곳이었다.

저택의 거실과 주방이 연결되어 있는 부분이었다.

그의 머신건에서 마치 전기의 스파크 같은 섬광이 튀었다.

드르르르르륵—

동시에 김동하에게 겨냥하고 있던 에릭마쉬의 베레타에서도 날카로운 폭음이 터지며 섬광이 튀었다.

타앙.

존 잭슨과 에릭마쉬는 거의 동시에 발포했다. 하나는 김동하의 머리를 향한 베레타였고 또 하나는 갑자기 거실의 불을 밝힌 피터 에반스 집사를 향해서였다.

김동하는 에릭마쉬의 총이 자신의 머리를 향하는 순간 바늘 끝으로 자신의 피부를 찌르는 듯한 엄청난 살기를 느꼈다. 김동하가 천공불진을 열고 이곳으로 온 이후 처음으로 느끼는 살기였다. 김동하의 눈이 커지는 순간 김동하는 자신의 얼굴 한쪽이 마치 불에 덴 것처럼 화끈한 통증을 느꼈다.

피잉—

에릭마쉬가 쏜 총은 김동하의 왼쪽 눈 아래 뺨을 스치며 그대로 거실의 벽으로 튕겨져 나갔다. 레이얼가의 저택은 저택의 거의 대부분이 석조로 만들어져 있다.

그 때문에 김동하의 뺨을 스친 총알은 석벽의 두꺼운 벽에 맞고 다른 방향으로 튕겨져 나갔다. 총탄이 튕겨져 나간 위치는 이층으로 올라가는 계단의 중앙 부분이었고 그곳에 세워놓은 화분을 정확하게 관통했다.

퍽.

와장창—

튕겨져 나간 총탄에 관통된 화분이 계단의 중앙에서 거실의 바닥으로 떨어지면서 그대로 산산이 부서져 나갔다.

한편 저택의 집사인 피터 에반스를 향해 쏘아진 존 잭슨의 머신건은 저택의 거실과 주방으로 이어지는 석재벽면을 사선으로 길게 피탄의 흔적을 만들어 냈다.

다행이 피터 에반스는 주방으로 꺾인 모퉁이로 몸을 숨겼기에 그가 총에 맞지는 않은 것 같았다.

설명은 길지만 눈 깜박할 사이에 벌어진 일이었다.

에릭마쉬는 자신이 겨냥한 김동하의 머리통이 관통되지 않고 그대로 스쳐 지나가 화분을 깨트리자 화가 난 듯 입술을 깨물었다.

"이 동양 원숭이 새끼가……."

에릭마쉬와 김동하의 거리는 거리상으로는 7m도 떨어지지 않은 가까운 거리였다. 평소의 에릭마쉬라면 이 정도의 거리에서는 날아가는 파리도 날개를 맞춰서 떨어트릴 수 있다고 허풍을 칠 정도로 자신의 실력에 자신이 있었다. 하지만 정작 그가 쏜 총알은 김동하의 얼굴만 살짝 스쳤을 뿐 머리를 맞추지 못했다.

다만 에릭마쉬의 반대쪽에 서 있던 존잭슨은 그의 전매특허와 같은 이스라엘산 우지 머신건을 사용하고 있지만 단 한 발도 명중시키지 못했다.

그의 총에 장탄되어 있던 32발의 총탄을 애먼 저택의 거실 벽에다 박아 넣은 것이 에릭마쉬와 다를 뿐이었다.

이를 악문 에릭마쉬가 한 걸음 앞으로 발을 내딛었다.

좀 더 거리를 가까이 한다면 이번에는 뺨이 아니라 정확

하게 김동하의 이마 한가운데를 뚫어놓을 자신감이 있었기 때문이다.

그때 김동하가 머리를 돌려 에릭마쉬를 바라보았다.

김동하의 왼쪽 뺨은 시뻘건 피로 뒤덮여 있었다.

다만 달라진 것이 있다면 김동하의 두 눈동자가 시퍼렇게 타오르고 있다는 점이었다.

김동하에게 총이라는 것은 태어나서 처음으로 본 물건이었다. 자신이 살았던 과거와는 달리 현재 이곳에서는 엄청나게 진화된 무기를 사용한다는 것은 알고 있었다.

하지만 그 무기를 이런 사악한 자들이 사용한다는 것이 너무 화가 났다.

김동하의 눈을 본 에릭마쉬가 놀란 듯 눈을 부릅떴다.

"무슨 원숭이놈의 눈이……."

다시 김동하의 머리를 겨냥하려던 에릭마쉬의 눈썹이 좁혀지고 있었다.

"그래. 그대로 있거라. 이번에는 정확하게 이마를 뚫어 줄 테니."

클린트 루먼이 얼굴을 찌푸리며 입을 열었다.

"서둘러라. 에릭, 노닥거리고 있을 시간 없다."

머리를 돌린 클린트 루먼이 2층 계단의 앞쪽에 서 있는 클레이튼 위티드와 두 명의 사내에게 빠르게 지시했다.

"클레이튼, 계속 그렇게 서 있을 건가? 내가 바쁘다고 말했을 텐데. 여기는 내가 맡을 테니 넌 위층으로 올라가 동양계집을 찾아."

클레이튼 위티드와 두 명의 부하들이 굳은 표정으로 대답했다.

"아, 알겠습니다."

그들의 얼굴에는 땀이 흥건했다.

부하 한 명이 클레이튼 위티드에게 속삭였다.

"클레이튼, 클린트, 보스에게 말해 주어야 하지 않을까요?"

클레이튼 위티드가 땀을 흘리며 대답했다.

"쓸데없는 일이야. 믿지도 않을 것이고."

클레이튼 위티드와 두 명의 수하들은 방금까지 자신들이 단 한걸음도 움직일 수 없을 정도로 알 수 없는 엄청난 힘이 자신들을 압박하고 있었다는 것에 거의 혼이 빠져 달아날 것 같은 얼굴이었다.

그게 무엇인지, 어떤 이유로 자신들이 마치 옭아맨 듯 꼼짝하지 못했는지 설명할 도리가 없었다.

그리고 그것을 설명한다고 해도 클린트 루먼 같은 사내는 절대로 믿지 않을 것이라고 확신하고 있었다.

다만 어찌된 일인지 에릭마쉬가 눈앞의 동양인 남자에게 총을 쏜 이후에 자신들을 옥죄던 그 엄청난 힘이 사라졌다. 덕분에 막혔던 숨통이 트이는 느낌이었다.

그들의 눈에 머리를 돌리고 있는 눈앞의 동양인 뺨에서 피가 흘러내리는 것이 보였다.

그들 역시 에릭마쉬가 쏜 총의 총알이 동양인의 뺨을 스쳤을 뿐 격중하지 않았다는 것을 이미 알고 있었다.

그들의 시선이 김동하에게 머물고 있던 그 시간 클린트 루먼이 다시 재촉했다.

"에릭, 네놈의 한가한 장난으로 시간을 지체할 순 없단 말이야. 장난치지 말고 빨리 처리해."

에릭마쉬가 입술을 실룩이며 대답했다.

"알겠습니다. 클린트."

"여길 서둘러 처리하고 곧장 토마스 레이얼 회장을 찾아 제거해야 한다."

"예!"

클린트 루먼은 심복인 에릭마쉬가 또 그 사이코패스 같은 기질이 발동해 잔인한 방법으로 상대를 괴롭히다가 상대가 천천히 죽어가는 것을 즐기는 중이라고 생각했다.

에릭마쉬가 이내 총을 들어 김동하를 겨냥했다.

이번에는 머리를 겨냥하는 것이 아니라 그냥 김동하의 몸속에 총탄을 제대로 박아줄 심산이었다. 총을 들고 김동하를 향해 성큼 다가선 에릭마쉬가 중얼거렸다.

"바쁘지 않았다면 원숭이 네놈의 심장을 내손으로 뜯어내 주었을 거야."

중얼거리던 에릭마쉬의 입이 벌어졌다.

김동하의 얼굴이 커진다고 생각한 순간 어느새 김동하가 자신의 앞에 서 있었기 때문이다.

"어?"

에릭마쉬의 옆에 서 있던 클린트 루먼도 놀란 듯 눈을 부릅떴다.

"이건……."

김동하가 에릭마쉬의 눈을 쏘아보며 입을 열었다.

"천명만 돌려받는 것만으로는 당신에겐 벌이 될 것 같지 않군?"

말을 마친 김동하가 그대로 에릭마쉬의 목을 틀어쥐었다.

콰악.

턱.

"컥!"

김동하보다 한 뼘은 더 큰 에릭마쉬였지만 김동하가 자신의 목을 틀어쥐는 순간 온몸에 얼음장 같은 한기가 밀려들고 있음을 깨달았다. 그때 에릭마쉬의 목을 틀어쥐는 김동하를 본 클린트 루먼이 이마를 찌푸리며 앞쪽으로 다가서며 김동하의 머리를 향해 주먹을 내리쳤다.

"쯧, 생각지도 않게 사람을 놀라게 만드는 재주를 가진 놈이군 그래."

휘익—

검은 가죽장갑을 낀 클린트 루먼의 주먹질은 제법 강력한 힘을 싣고 있었다.

순간.

터엉.

김동하의 머리를 향해 내리치던 클린트 루먼의 주먹질이 무언가에 막혀 뒤로 튕겨졌다.

클린트 루먼의 얼굴이 굳어졌다.

주먹질이라면 프로권투선수와 대결해도 결코 양보할 생각이 없을 정도로 강력한 펀치력을 가지고 있다고 자신하고 있었던 클린트 루먼이었다. 그런 자신의 주먹질이 무언가에 막혀 튕겨나갔다는 것에 놀란 표정으로 머리통을 후려치려고 했던 김동하를 바라보았다.

순간 클린트 루먼의 입이 벌어졌다.

"헉!"

한 손으로는 에릭마쉬의 목을 틀어쥔 채 김동하가 머리를 돌려 클린트 루먼을 바라보았다. 그런 김동하의 눈이 마치 귀신의 눈처럼 시퍼렇게 타오르고 있었다.

클린트 루먼은 자신도 모르게 뒤로 한걸음 물러섰다.

한편 김동하에게 목이 틀어 잡힌 에릭마쉬는 온몸에서 번져오는 지독한 한기에 얼굴빛이 시퍼렇게 변해가고 있었다. 손에는 베레타가 들려 있었지만 그것을 들어올려 김동하를 겨냥할 힘도 들어가지 않을 정도로 극악한 냉기였다. 자신의 머리를 후려치려던 클린트 루먼의 주먹을 손바닥으로 튕겨내 막아낸 김동하가 에릭마쉬에게 시선을 던졌다.

"사람의 생명을 장난으로 죽인 적이 한두 번이 아니군. 당신에겐 사는 게 죽는 것보다 더 고통스러운 형벌이 적당할 것 같군. 이렇게 말이야."

에릭마쉬의 목을 틀어쥔 김동하의 오른손이 천천히 움직였다. 에릭마쉬가 김동하의 손에서 떨어지려고 버둥거렸지만 마치 쇠로 만든 족쇄를 채운 듯 김동하의 손은 절대로 풀어지지 않았다.

김동하의 오른손이 에릭마쉬의 팔을 살짝 건드렸다.

순간 에릭마쉬의 입이 쩍 벌어졌다.

그의 눈에 자신의 팔이 마치 장난감 인형의 팔처럼 툭 떨어져 바닥으로 나뒹구는 것이 보였다.

투욱.

바닥에 떨어진 에릭마쉬의 팔에는 베레타의 방아쇠 울에 걸려 있는 에릭마쉬의 손가락이 희미하게 떨리고 있었다. 순간 에릭마쉬의 입이 찢어질 듯 벌어졌다.

"끄아아아악."

김동하의 나직한 목소리가 울렸다.

"당신의 천명은 회수하지 않을 거야. 그 또한 형벌이라

는 것을 당신이 처절하게 느낄 때까지 말이야."

나직하게 말한 김동하의 얼굴은 얼음장처럼 싸늘했다.

옆에서 에릭마쉬의 팔이 너무나 쉽게 떨어져 나가는 것을 본 클린트 루먼의 입이 벌어졌다.

"어, 어떻게……."

클린트 루먼은 아무것도 들려 있지 않은 김동하의 손이 너무나 가볍게 에릭마쉬의 팔을 스치는 순간 에릭마쉬의 팔이 마치 예리한 칼에 잘린 것처럼 떨어져 나가는 것을 보며 절로 입이 쩌억 벌어졌다. 김동하는 장난처럼 목을 틀어쥔 에릭마쉬의 다리 쪽을 걷어찼다.

뻐벅.

콰직.

"크악."

김동하보다 한 뼘은 더 큰 에릭마쉬의 양다리가 정확하게 무릎의 관절부터 기묘한 방향으로 꺾였다.

부러져 나간 부위에서 하얀 뼛조각이 옷을 뚫고 밖으로 튀어나와 있었다. 그것은 보는 사람들로 하여금 오금이 저리는 두려움과 공포심을 안겨주었다. 이미 에릭마쉬는 눈을 하얗게 까뒤집고 있는 상황이었다.

에릭마쉬는 평생을 다른 사람에게 공포의 대상으로 살아왔다가 지금은 죽을 것 같은 두려움에 저절로 몸을 떨고 있었다. 김동하가 에릭마쉬를 처리하는 모습을 본 클린트 루먼의 얼굴이 하얗게 질려갔다.

"오, 하느님."

클린트 루먼은 190cm가 넘었던 에릭마쉬의 키가 이제는 160cm도 되지 않을 정도로 작아져 버린 모습을 보며 손을 떨었다.

에릭마쉬를 처리하는 김동하의 모습은 마치 지옥에서 온 사신처럼 너무나 두렵게 느껴졌다. 김동하가 이제는 거의 헝겊조각처럼 축 늘어진 채 자신의 팔에 잡혀 정신을 잃고 대롱거리는 에릭마쉬의 몸을 한쪽으로 던졌다.

털썩—

콰당—

두 다리가 무릎의 관절부터 부러져 나가고 팔 하나까지 잘려나간 에릭마쉬의 몸은 깡마른 장작개비처럼 한쪽으로 볼품없게 떨어져 나가며 구겨졌다. 클린트 루먼과 막 자신의 머신건인 우지의 비워진 탄창을 갈아 끼운 존 잭슨이 그런 김동하를 멍한 눈으로 바라보았다.

김동하에게 당한 에릭마쉬와는 달리 120kg이 넘는 거구의 존 잭슨은 아옹다옹 다투던 동료 에릭마쉬가 김동하의 손에 당하자 놀란 듯 눈을 부릅떴다.

이런 장면은 존 잭슨이 살아온 생애에 처음으로 보는 장면이었고 그 어떤 장면보다 처절하고 두려운 공포심을 안겨주었다. 클린트 루먼 역시 자신도 모르게 뒤로 주춤 물

러서며 김동하를 바라보았다.

한순간 김동하의 몸 주변에서 바람이 분다는 느낌이 들었다. 그리고 그것은 공포로 클린트 루먼의 뇌리 속에 각인되고 있었다.

조선남자

朝 鮮 男 子

-천능의 주인-

신위(神威)

　한편 김동하가 자신에게 첫 입맞춤을 하고 게스트 룸을 빠져나가자 한서영은 김동하가 무사히 돌아오기를 기다리며 초조함에 발을 동동 구르고 있었다.

　그녀로서는 누군가를 이렇게 애타게 기다리는 것은 생전 처음이었다.

　김동하가 그런 식으로 첫 입맞춤을 할 줄은 예상을 하지 못했다.

　그 짧은 순간의 달콤함이 한서영에게는 영원히 잊히지 않을 정도로 충격적이었다.

　김동하가 첫입맞춤을 남기고 게스트 룸을 빠져나간 지

근 20여 분이 흘렀다.

한서영은 저택에서 어떤 일이 벌어지고 있는지 전혀 알 수가 없었다.

다만 어떤 이유에서인지 몰라도 한서영은 저택의 주변에서 팽팽한 긴장감이 흐른다는 것을 감지할 수 있었다.

또한 그것이 무척이나 위험하다는 것을 그녀는 본능적으로 느끼고 있었다.

한서영은 김동하만 돌아온다면 날이 밝는 즉시 한국으로 돌아갈 생각까지 들었다.

김동하의 신과 같은 힘과 능력은 알고 있었지만 그 능력은 한국과 같은 곳에서나 통하지 온갖 무기들을 누구나 구할 수 있는 곳이 이곳 미국이었다.

아무리 엄청난 능력을 가진 김동하라고 해도 그런 무기를 사용한다면 위기에 처할 수도 있을 것이라는 두려움이 한서영을 안절부절못하게 만들었다.

초조함에 어쩔 줄 몰라 하던 한서영이 절대로 문을 열지 말라는 김동하의 당부를 어기고 저택의 2층 난간으로 이어지는 게스트 룸의 빗장을 풀고 살짝 문을 열었다.

한서영의 머릿속에는 오직 김동하가 무사한 것인지 확인해야 한다는 생각밖에는 없었다.

한서영이 게스트 룸의 빗장을 풀고 문을 살짝 열어보는 순간이었다.

타앙—

드르르르르륵—

게스트 룸의 밖에서 벼락이 치는 듯한 총소리가 나면서
무언가 부서져 나가는 소리가 들렸다.

순간 한서영은 자신도 모르게 짧게 비명을 질렀다.

"꺅!"

게스트 룸의 문 앞에 쪼그려 앉아서 비명을 지르는 한서
영의 얼굴은 그야말로 백지장처럼 하얗게 질려 있었다.

그녀의 창백한 얼굴에는 땀방울이 맺혔고 가슴은 터질
듯이 뛰기 시작했다.

걱정하고 있었고 두려워하던 그 총소리를 실제로 듣자
한서영의 머릿속은 백지장처럼 아무것도 떠오르지 않았
다.

귀가 먹먹할 것 같은 엄청난 총소리는 한순간에 한서영
을 패닉 상황으로 몰아넣었다.

한서영의 손이 파르르 떨리고 있었다.

그녀의 머릿속은 하얗게 지워져 있었고 오직 하나의 생
각밖에는 떠오르지 않았다.

지금 이 순간 김동하가 위험하다는 생각 하나만 그녀의
머릿속에 가득했다.

레이얼가의 저택 게스트 룸은 특별하게 만들어진 열쇠가
아니면 외부에서는 강제로 열 수가 없었다.

손님의 프라이버시를 중요하게 생각하는 토마스 레이얼 회장이 저택을 찾아온 손님이 하룻밤 이상 저택에 머물 것을 대비해 만들어 놓은 배려였다.

사방을 두터운 방음벽으로 만들어 놓았고 외부에서는 게스트 룸에 머물고 있는 손님의 허락 없이는 강제로 들어올 수 없도록 나름 철저한 잠금장치가 되어 있는 곳이다.

그것을 자신의 손으로 해제한 한서영이 처음으로 듣게 된 것이 총소리였다.

문 앞에 주저앉은 한서영의 등으로 소름이 돋고 있었다.

"도, 동하."

한서영의 머릿속에 총을 맞고 피를 흘리고 있는 김동하의 모습이 마치 환상처럼 그려지고 있었다.

"아, 안 돼."

한서영이 몸을 떨며 비틀거리며 일어나 빗장만 풀어놓은 게스트 룸의 잠금장치를 완전히 풀어버린 후 밖으로 나갔다.

죽은 사람에게 생명을 돌려줄 수 있는 천명의 권능을 가진 김동하였지만 정작 자신이 총에 맞아서 생명을 잃는다면 그 천명의 권능을 베풀어 줄 사람이 없다.

그 사실이 한서영에게는 그 무엇보다 두려웠다.

그리고 그것은 자신의 유일한 남자인 김동하가 자신의 곁에서 영원히 사라진다는 것을 의미하기에 한서영은 자

신도 모르게 몸을 떨었다.

지금의 상황에서 김동하가 자신을 떠난다는 것은 한서영에게는 그녀의 세상이 사라진다는 것과 같은 의미였다.

밖으로 나서는 한서영은 에이미 레이얼이 가져다 준 얇은 실크천의 잠옷차림이었지만 자신의 지금 차림새가 어떤 모습일지는 전혀 생각지 않고 있었다.

그녀의 머릿속에는 오직 김동하의 안위만 떠오를 뿐이었다.

벌컥.

"도, 동하야."

한서영이 비틀거리며 게스트 룸에서 내려다보이는 이층의 난간으로 뛰어나갔다.

백옥 같은 하얀 다리에 아무것도 신겨져 있지 않는 맨발차림에 얇은 실크 잠옷차림이었다.

하얗게 질린 얼굴의 한서영의 얼굴은 밀랍으로 만든 인형의 얼굴처럼 창백하게 보였다.

클린트 루먼과 존 잭슨은 바닥에 떨어져 입가로 침을 흘리며 꿈틀대고 있는 에릭마쉬를 보며 눈을 부릅떴다.

총을 가진 에릭마쉬가 빈손으로 서 있던 동양인 사내의 손에 저렇게 비참한 모습으로 변할 것이라곤 전혀 예상도 하지 못했다.

특히 클린트 루먼으로서는 자신의 측근인 에릭마쉬의 실력을 너무나 잘 알고 있었기에 에릭마쉬가 간단하게 동양인 사내를 처리할 것이라고 생각했다.

존 잭슨 역시 자신과 아옹다옹 다투기는 했지만 같은 킹덤의 조직원으로서 에릭마쉬의 악명 높은 명성을 잘 알고 있었기에 참으로 간단하게 동양인 사내를 해치울 것이라고 생각하고 있었다.

자신의 머신건인 우지기관총의 32발 탄창이 비워질 때까지 단 한 발도 상대의 몸에 격중시키지 못한 것이 화가 났던 존 잭슨은 탄창을 갈아 끼운 뒤에 몸을 피한 피터 에반스 집사를 찾아내어 직접 그의 몸을 벌집으로 만들어 줄 생각만 하고 있었다.

그러던 차에 그의 눈앞에서 에릭마쉬가 너무나 황당하게 당하는 것을 보자 일순 머릿속이 비워지는 느낌이었다.

폐인이 된 에릭마쉬를 한쪽으로 집어 던진 김동하가 머리를 돌려 클린트 루먼을 바라보았다.

"당신에겐 물어보고 싶은 게 많아."

김동하의 목소리는 참으로 싸늘했다.

클린트 루먼은 김동하의 시선이 자신의 시선과 마주치는 순간 마치 끝이 없는 깊은 늪으로 빠져드는 느낌이 들었다.

"이, 이게 대체……."

저택의 2층으로 올라가는 계단 쪽에 엉거주춤 서 있던 클레이튼 위티드와 두 명의 부하들은 순식간에 벌어진 지금의 상황이 믿어지지 않는 듯 몸을 금제한 기운이 해제되었음에도 움직이지 못하고 있었다.

이곳 계단에서 에릭마쉬가 서 있던 곳까지는 근 7m가 조금 넘는 거리였고 그곳까지 가려면 적어도 2, 3초는 소요가 될 것이다.

하지만 김동하가 에릭마쉬의 앞으로 움직인 것은 그들도 알 수 없을 정도로 순식간에 벌어진 일이었다.

저택의 2층으로 올라가 게스트 룸을 뒤져 한서영을 찾아낼 생각이었던 클레이튼 위티드와 두 명의 부하들을 움직이지 못하게 한 것은 해동무의 '금옥영신(禁獄影身)'이라는 절기다.

김동하의 몸속에 가득한 무량기의 기운을 이용해서 말 그대로 정신을 금제하여 가두어 몸을 움직이지 못하게 하는 기술이다.

김동하의 무량기가 상승에 이르지 못하였을 때는 쉽게 펼치지도 못한 기술이었지만 지금의 김동하에게는 그야말로 시원한 물 한 잔 마실 정도로 가볍게 펼칠 수가 있었다.

금옥영신을 펼쳐 세 사람을 금제하고 있었던 김동하가 에릭마쉬가 쏜 베레타의 총탄이 얼굴을 스치자 자신도 모르게 금제를 풀어버린 것이다.

김동하는 자신의 얼굴을 노리고 총을 쏜 에릭마쉬에게 천명을 회수하는 것만으로는 단죄가 되지 않을 것이라고 판단했다.

에릭마쉬뿐만 아니라 이곳을 침입한 모든 남자들에게서 지독한 악취와 같은 사기를 느끼고 있었다.

김동하가 느끼는 사기는 악심을 품고 사람의 생명을 해친 경험을 가진 자들에게서만 느낄 수 있는 기운이었다.

저택으로 숨어 들어온 모든 사내들에게서 공통적으로 풍겼다.

특히 좀 전에 김동하에게 당한 에릭마쉬를 비롯하여 클린트 루먼과 존 잭슨에게는 더욱 짙게 느껴졌다.

그것은 그들이 김동하가 생각한 것보다 많은 사람의 생명을 해쳤음을 의미했다.

김동하가 클린트 루먼과 시선을 마주치며 입을 열었다.

"이 한밤중에 여길 찾아온 이유가 토마스 회장의 가족을 해치기 위해서였나? 당신들은 누구지? 무슨 이유로 토마스 회장의 가족을 해치려는 것이지?"

김동하는 이제 예의를 갖추지 않았다.

자신을 죽이려고 한 자들에게까지 예의를 갖출 정도로 김동하가 미련하지는 않았다.

김동하의 눈이 시퍼렇게 타오르고 있었다.

그것은 김동하가 애써 자신의 노기를 눌러 참고 있다는 의미였다.

자신들의 침입이 발각되자 대뜸 저택의 모든 식솔들의 생명을 뺏으려는 행동을 한 자들이었다.

또한 전신에서 평범한 사람들에게서는 느껴지지 않는 지독한 악기와 살기가 가득 차 있는 자들이었기에 예의를 갖출 생각이 아예 사라져 버린 것이다.

클린트 루먼의 눈이 번들거렸다.

그는 지금 벌어지고 있는 이 황당하고 어처구니없는 상황이 전혀 이해가 되지 않았다.

그때였다.

"동하야."

저택 2층의 게스트 룸의 문이 열리면서 붉은색의 얇은 실크 잠옷을 걸친 한서영이 밖으로 허겁지겁 달려 나왔다.

총소리가 난 이후 무언가 부서지는 소리가 들렸기에 급히 뛰쳐나온 한서영의 지금 모습은 산발을 한 여인처럼 보였다.

문 밖으로 나온 한서영은 거실의 불이 환하게 켜져 있었고 거실 한켠에 김동하가 정체를 알 수 없는 남자들을 마주보며 서 있는 것을 보았다.

한순간 한서영의 창백한 얼굴에 안도의 표정이 떠올랐다.

그러다 김동하가 한서영을 보기 위해 머리를 돌리는 순간 한서영은 김동하의 얼굴 한쪽이 완전히 피로 덮여 있는 것을 보며 입을 쩍 벌렸다.

"꺅! 얼굴이 왜 그래?"

한서영은 지금의 상황이 얼마나 위험한 상황인지 그리고 지금 자신이 어떤 상황에 처해 있는 것인지 전혀 생각하지 않았다.

그녀에게 제일 중요한 것은 김동하였고 그런 김동하의 얼굴이 피로 범벅이 되어 있다는 것에 심장이 떨어질 것처럼 놀랐다.

김동하는 게스트 룸에서 나오지 말라고 신신당부했던 한서영이 2층의 난간으로 뛰어나오자 얼굴을 찌푸렸다.

한서영이 허겁지겁 거실 아래쪽으로 내려오는 계단으로 향했다.

김동하가 침입자들을 막아섰던 바로 그 계단이었다.

계단의 아래쪽에는 클레이튼 위터드와 두 명의 사내들이 서 있었지만 한서영은 그들이 서 있다는 것을 전혀 개의치 않았다.

아니 그쪽으로는 전혀 눈길조차 주지 않았다.

그녀에게 제일 중요한 것은 김동하였기 때문이다.

한서영이 허겁지겁 계단을 내려오는 순간 한쪽으로 물러서 있던 클린트 루먼이 이를 악물었다.

그는 게스트 룸의 문을 열고 밖으로 나온 여인이 보스가 원하던 그 동양의 여자의사라는 것을 직감했다.

클린트 루먼이 이를 악물고 소리쳤다.

"클레이튼, 그년을 잡아."

클린트 루먼이 소리치며 한발 뒤쪽으로 물러서는 동시에 허리춤에서 무언가를 꺼내었다.

그의 별명과도 같은 은제의 매그넘 권총이었다.

8인치의 총신에 은빛으로 빛나는 클린트 루먼의 총은 일반권총과는 달리 9mm의 매그넘 파라블럼총탄을 사용하는 총이었다.

총탄에 격중되는 순간 격중된 부위가 아예 터져나가 버릴 정도로 무식한 위력을 자랑한다.

클린트 루먼이 매그넘의 클린트라는 별명을 가지게 된 것도 단 한 발로 상대의 머리통을 수박을 터트리듯 터트려 버리는 잔혹함과 엄청난 사격술로 인해 얻어진 별명이었다.

상대에게는 두려움의 대상이지만 킹덤의 보스인 마이클 할버레인에게는 든든한 수하이자 동지가 바로 클린트 루먼이었다.

클린트 루먼이 총을 뽑아들자 미리 탄창을 교체하고 있었던 존 잭슨도 그제야 정신이 든 것인지 손에 든 총을 김동하를 향해 겨누었다.

연사를 특징으로 하는 머신건 우지였기에 방아쇠를 당기는 순간 32발의 총탄이 한꺼번에 쏟아져 나간다.

드르르르륵—

존 잭슨의 손에 들린 우지의 총구에서 섬광이 튀겼다.

한손으로 쏠 수도 있는 머신건 우지였지만 한꺼번에 32발의 총알이 발사되면 그 반탄력도 상당한 수준이었기에 거구의 존 잭슨도 김동하의 몸 좌측 하복부에서 얼굴까지 반탄력으로 사선으로 올라갔다.

순식간에 32발의 총알이 김동하의 몸을 향해 쏟아졌다.

존 잭슨은 에릭마쉬를 걸레짝처럼 만들어 놓은 김동하의 몸속에 자신의 머신건 총탄 32발을 한꺼번에 박아 넣었다고 생각했다.

이렇게 가까운 거리에서 순식간에 쏟아지는 32발의 총탄을 피하는 것은 신이라도 불가능한 일이었기 때문이다.

존 잭슨이 김동하를 향해 우지머신건을 발사하자 클린트 루먼도 동시에 움직였다.

자신의 별명인 매그넘 탄환이 장탄된 은제의 8인치 리볼버 권총의 총구를 김동하의 머리 쪽을 겨냥하고 방아쇠를 당겼다.

쾅—

그야말로 벼락이 치는 듯한 총성이 울렸다.

이렇게 가까운 거리에서라면 클린트 루먼으로서는 눈을

감고도 적을 해치울 수 있다.

그는 김동하의 머리통이 산산이 부서져 나갈 것이라고
자신했다.

더구나 몸속에 존 잭슨이 쏟아 넣은 32발의 우지 탄환과
자신의 매그넘탄이 장착된 8인치 리볼버가 머리를 꿰뚫어
놓는다면 절대로 살아남을 수가 없을 것이라고 확신했다.

클린트 루먼의 입가에 서늘한 미소가 떠올랐다.

한편 허겁지겁 김동하의 곁으로 가기 위해서 계단을 내
려오던 한서영이 순식간에 벌어진 상황에 비명을 질렀다.

"꺅!"

한서영의 얼굴은 백지장처럼 창백하게 변했고 계단을 내
려오는 순간 발을 헛디뎌 휘청거리며 계단의 난간을 잡아
야 했다.

존 잭슨은 자신의 머신건 우지의 공이가 빈 약실을 때리
는 소리를 들으며 이마를 찌푸렸다.

철컥철컥―

32발의 탄환이 탄창에서 비워지는 시간이 불과 몇 초 걸
리지도 않는다는 것이 마음에 들지 않았다.

존 잭슨은 방아쇠를 당길 때마다 몸을 뒤로 튕기게 만드
는 격발순간의 반탄력이 영원히 지속되었으면 하는 욕심
이 있었다.

탄창을 갈아 끼울 필요도 없이 그냥 방아쇠를 당기면 총

탄이 나가는 그런 총이 있다면 존 잭슨에게는 최고의 선물
이 될 것이다.

존 잭슨은 자신의 총 탄창이 비워졌다는 것을 느끼며 얼
굴을 찌푸렸다.

"제길. 이게 늘 불만이라니까."

나직하게 중얼거린 존 잭슨이 다시 탄창을 갈아 끼우기
위해서 머리를 돌리며 허리춤으로 손을 가져갔다.

존 잭슨의 허리춤에는 늘 6개 이상의 탄창이 두툼한 그
의 드럼통 같은 허리 뒤쪽에 박혀 있었다.

두 개의 탄창을 소모했으니 남은 탄창은 이제 4개였다.

하지만 그것만으로도 이곳 레이얼가 저택에서 생명을 가
진 존재들이라면 모조리 지워버릴 수 있을 것이라고 자신
했다.

새로운 탄창을 갈아 끼우려던 존 잭슨이 새로운 탄창을
뽑아들고 머신건의 탄창멈치 버튼을 눌렀다.

빈 탄창이 빠지고 그 자리에 새로운 탄창을 삽입해야 하
기 때문이다.

하지만 버튼을 눌렀지만 탄창이 분리되지 않았다.

눈을 껌벅이는 존 잭슨이 자신의 손에 들린 우지머신건
을 바라보았다.

순간 존 잭슨의 얼굴이 딱딱하게 굳어졌다.

그의 총을 누군가 움켜쥐고 있는 것이 보였다.

총의 아래쪽을 손으로 움켜쥐고 있어서 탄창멈치를 눌러도 탄창이 분리되지 않았던 것이다.

"이, 이게……."

존 잭슨이 입을 벌리며 자신의 총을 잡고 있는 상대를 바라보았다.

그의 총을 잡고 있는 사람은 김동하였다.

김동하의 눈은 마치 얼음처럼 차가웠다.

콰득.

우드드득.

일순간에 존 잭슨의 우지 기관총이 마치 비스킷이 부서지는 것처럼 잘게 부서져 내렸다.

쇠로 만들어진 우지가 그야말로 너무나 쉽게 부서져 나가는 탓에 존 잭슨의 표정이 멍해졌다.

우지기관총에 걸려 있는 멜빵이 그의 어깨에 걸려 있었기에 총은 완전히 떨어져 나가지 않고 부서진 잔해가 존 잭슨의 옆구리에 걸려서 덜렁거렸다.

존 잭슨의 총이 부서지는 것을 옆에서 지켜보았던 클린트 루먼 역시 하얗게 질린 얼굴로 눈을 부릅떴다.

존 잭슨과 자신이 쏜 총알을 김동하가 피해냈다는 것이 이해가 되지 않는 얼굴이었다.

이렇게 가까운 거리라면 신이라도 해도 절대로 피할 수 없을 것이라고 자신했던 클린트 루먼이었다.

존 잭슨은 자신이 그토록 아끼던 자신의 우지 기관총이 가운데가 부서져 덜렁거리는 것을 보며 붉은 입을 쩍 벌렸다.

"뭐 이런……."

인간의 맨손에 쇠로 만들어진 우지 기관총이 이렇게 부서지는 것은 본 적은 난생처음이었다.

마치 지금까지 사용해왔던 자신의 총이 쇠가 아닌 허접한 플라스틱 조각으로 만든 것 같은 착각이 들 정도였다.

그의 옆구리에 걸린 우지기관총은 이제 전혀 쓸모없는 쇳덩이가 되어 있을 뿐이었다.

존 잭슨의 총을 부숴버린 김동하의 표정은 너무나 차가웠다.

옆에 서 있던 클린트 루먼도 지금의 상황이 이해가 되지 않았다.

존 잭슨의 우지기관총에서 쏟아진 32발의 총알과 자신이 쏜 리볼버의 매그넘 탄환을 피하고 존 잭슨의 앞에 나타난 김동하가 마치 유령 같았다.

그때였다.

"도, 동하야."

한서영이 뾰족한 비명을 지르며 김동하의 앞으로 달려왔다.

한서영의 머리는 산발이 되어 있었고 얼굴은 백지장처럼

창백했다.

한서영의 눈에 비친 김동하는 지금까지 한서영이 알고 있던 김동하가 아닌 얼굴이 피투성이가 된 채 노기에 찬 얼굴로 한밤중에 나타난 사내들을 쏘아보는 낯선 남자의 모습이었다.

김동하는 한서영이 자신의 품으로 뛰어들자 눈을 껌벅이며 한서영을 내려다보았다.

땀으로 범벅이 된 한서영의 큰 눈에는 눈물이 가득 고여 있었다.

김동하의 얼굴에 생긴 상처로 인해서 한서영은 하늘이 무너지는 듯한 충격을 받았다.

한서영이 김동하의 얼굴에 생긴 상처를 보며 기어코 눈물을 흘렸다.

"어떡해? 얼굴은 왜 이렇게 된 거야?"

김동하의 얼굴은 에릭마쉬가 쏜 베레타의 총탄이 스친 자국으로 길게 찢어져 있었고 끊임없이 피가 흘러내리고 있었다.

"어엉 어떡해?"

한서영은 김동하가 피를 흘리자 울음을 터트리며 안절부절못한 채 김동하의 얼굴을 만지고 있었다.

순식간에 한서영의 하얀 손이 김동하의 피로 붉게 변했지만 한서영은 전혀 그런 것을 상관하지 않았다.

그때 뒤늦게 클레이튼 위티드와 두 명의 부하들이 한서영을 따라 달려왔다.

그들 역시 김동하의 신위에 놀란 탓에 몸이 굳어 한서영이 김동하에게 달려가는 것을 막지도 못했다.

김동하가 울면서 자신의 얼굴을 만지고 있는 한서영의 어깨를 가볍게 안았다.

"난 괜찮아요. 누님은 다친 곳 없습니까?"

"난 괜찮아. 그보다 동하의 얼굴이……."

말을 하던 한서영이 다시 울음을 터트렸다.

한국으로 돌아가면 결혼식을 올리고 정식으로 부부의 연을 맺으려 했다.

그런데 신랑이 되어야 할 김동하의 얼굴이 이렇게 상처가 난 것이 너무나 마음이 아프고 안타깝기만 했다.

김동하 스스로 자신의 얼굴을 치료할 능력이 있다는 것도 한서영의 머리에는 안중에도 없었다.

지금 당장 김동하의 얼굴을 치료하고 피를 흘리지 않게 해주는 것만 한서영의 머릿속에 가득할 뿐이었다.

한편 존 잭슨은 자신의 눈앞에서 두 동양인이 서로 대화를 하는 장면을 보며 어금니를 깨물었다.

자신의 우지기관총을 맨손으로 부숴버린 놈이지만 지금의 김동하는 그저 울고 있는 여인을 다독거리고 있는 평범한 동양인 사내의 모습으로만 보였다.

"이 망할 원숭이놈이 감히 내 총을……."

총은 이제 사용할 수가 없었지만 존 잭슨의 옆구리에는 상대의 머리를 한순간에 날려버릴 수 있는 정글도가 걸려 있었다.

존 잭슨의 우악스런 손이 정글도의 손잡이를 잡는 순간 김동하의 목을 향해 엄청난 힘으로 휘둘렀다.

쉬걱.

아름드리나무도 한칼에 두 동강을 낼 수 있을 정도로 날카로운 정글도였다.

존 잭슨으로서는 동료인 에릭마쉬를 폐인으로 만들어 놓고 자신의 총까지 수수깡처럼 부숴버린 김동하가 두렵기도 했지만, 자신을 전혀 안중에도 두지 않고 여인을 다독이는 김동하의 배포에 두려움과 노기를 담아 있는 힘껏 정글도를 휘둘렀다.

이런 힘이라면 김동하와 한서영까지 두 명을 한꺼번에 동강 낼 수 있을 정도의 위력이었다.

존 잭슨이 정글도를 휘두르자 클린트 루먼이 빠르게 뒤로 물러났다.

그 역시 보스의 측근을 경호하는 존 잭슨의 정글도가 어떤 위력을 가지고 있는지 잘 알고 있었기 때문이다.

스치기만 해도 치명적인 상처를 면치 못할 정도로 거구의 존 잭슨이 휘두르는 정글도는 섬뜩할 정도로 위력적이었다.

　존 잭슨은 한서영을 안고 있는 김동하를 향해 정글도를 휘두르며 가슴이 뛰고 있었다.

　자신의 우지기관총의 총탄은 어찌 피했는지 모르지만 지금의 정글도는 전혀 방비를 하지 않고 있는 김동하의 머리통을 단번에 날려버릴 수 있을 것이라고 자신했다.

　쉬이익—

　은빛의 도신이 허공을 가르며 그대로 김동하의 목을 향해 날아갔다.

　순간 너무나 맑은 쇳소리가 울렸다.

　따앙—

　마치 쇠와 쇠가 서로 부딪치는 듯한 소리였다.

　정글도를 휘두르던 존 잭슨이 멍한 표정으로 뒤로 물러섰다.

　동시에 무언가 바닥으로 떨어지고 있었다.

　땡거렁.

　대리석으로 만들어진 거실의 바닥에 떨어져 쇳소리를 내는 것은 반으로 부러진 존 잭슨의 정글도였다.

　존 잭슨이 자신을 향해 정글도를 휘두르자 김동하가 보지도 않고 맨손으로 존 잭슨의 정글도 옆면을 쳐냈다.

　그 때문에 존 잭슨의 정글도는 도신이 중간에 부러져 바닥으로 떨어진 것이다.

한서영을 안고 있던 김동하가 머리를 돌렸다.

"처음으로 이 세상에 와서 살심을 느끼게 만드는군."

나직한 목소리였지만 그 목소리는 너무나 차가웠다.

다만 김동하가 중얼거린 말은 한국어였기에 존 잭슨이나 물러서서 바라보았던 클린트 루먼을 비롯하여 뒤늦게 달려온 클레이튼 위티드와 두 명의 부하들은 전혀 알아듣지 못했다.

김동하가 한서영을 한쪽으로 비키게 살짝 밀면서 입을 열었다.

"누님은 잠시만 비켜 계세요. 이자들은 단순하게 천명을 회수하는 것으로 처리할 자들이 아닙니다."

한서영은 김동하가 자신을 부드럽게 밀어내자 와락 김동하의 옆구리를 안았다.

"시, 싫어."

한서영은 김동하가 또다시 다칠 것 같아 너무나 두려웠다.

한국에서 뉴월드파의 조직폭력배들을 처리하는 것과는 비교를 할 수 없을 정도로 두려움을 느끼는 한서영이었다.

절대로 다치지 않을 것 같았던 듬직한 김동하의 얼굴이 피투성이가 된 것으로 인해 한서영으로서는 어쩔 수 없이 겁을 먹을 수밖에 없었다.

그때 존 잭슨이 이를 악물고 반 토막만 남은 정글도를 그대로 김동하에게 던졌다.

파악.

반 토막만 남은 은색의 정글도가 김동하의 머리 쪽을 향해 날아갔다.

도신이 부러져 절반만 남았지만 그 반 토막으로도 충분히 사람을 해칠 수 있을 정도로 날카로운 칼날이었다.

칼을 집어던진 존 잭슨이 질린 얼굴로 뒤로 물러서며 소리쳤다.

"이 망할 원숭이놈, 네놈의 정체가 뭐냐?"

존 잭슨은 맨손으로 자신의 총을 부수고 자신의 정글도마저 김동하의 맨손에 막히자 잔뜩 겁을 먹은 얼굴이었다.

마치 김동하가 사람이 아닌 괴물처럼 보였다.

그때 김동하가 자신의 머리를 향해 날아오는 정글도를 너무나 가볍게 잡아챘다.

마치 존 잭슨이 김동하에게 일부러 칼을 넘겨준 것 같은 장면이었다.

존 잭슨과 클린트 루먼의 눈이 커졌다.

클린트 루먼은 김동하가 나타난 순간 뭔가 잘못되고 있다는 것을 알았지만 지금과 같은 상황이 벌어질 것이라곤 꿈에도 상상하지 못했다.

뉴욕의 암흑가에서는 킹덤이라는 이름 하나만으로 모든 사람들에겐 공포의 대상이 되었지만 지금은 그 킹덤이라

는 이름이 아무런 소용이 없다는 것을 절감했다.

　존 잭슨이 던진 부러진 정글도를 너무나 자연스럽게 받아낸 김동하가 존 잭슨에게 머리를 돌렸다.

　차가운 시선으로 존 잭슨을 바라보던 김동하가 자신의 오른손에 들려 있는 부러진 정글도로 시선을 던지며 입을 열었다.

　"처음엔 당신들이 누군지, 왜 이 시간에 레이얼가의 저택을 찾아왔는지 물어보고 싶었지만 마음이 바뀌었어. 대충 짐작이 가니까 말이야."

　차갑게 말을 하던 김동하가 머리를 돌려 존 잭슨을 바라보았다.

　존 잭슨이 하얀 눈을 뒤룩거렸다.

　"이 망할 원숭이가 무슨 소리를 하는 거……."

　존 잭슨이 말을 할 때 김동하의 손이 움직였다.

　쉬익―

　그저 단순해 보이는 단 한 번의 움직임이었다.

　하지만 한순간 존 잭슨은 자신의 눈앞에 은색의 장막이 만들어지는 것을 느꼈다.

　"이, 이게……."

　서걱―

　무언가 날카로운 것이 스쳐간다는 생각이 들었지만 존 잭슨은 그것이 무엇인지 느낄 수가 없었다.

김동하와 자신의 거리는 약 2m 정도였다.

부러지지 않는 정글도라면 한걸음을 내딛고 칼을 휘두르면 칼의 공격범위에 들어가겠지만 절반이나 부러진 상황에서 움직이지도 않은 김동하가 가볍게 휘두른 칼날은 자신에게 닿지 않는다는 것을 알고 있었다.

존 잭슨의 눈이 껌벅였다.

그때 김동하의 목소리가 들렸다.

"죄가 많은 당신의 손이야. 당신은 전혀 느낄 수가 없었겠지만."

김동하의 말이 끝나는 순간 존 잭슨의 발 앞으로 무언가 떨어져 내렸다.

투욱.

바닥으로 떨어진 물체는 존 잭슨의 구두를 건드리며 한쪽으로 살짝 굴렀다.

존 잭슨은 자신의 발을 건드린 물체가 무언지 힐끗 내려다보다가 얼굴을 굳혔다.

"이, 이건……."

그의 눈에 들어온 것은 자신이 입고 있는 양복의 와이셔츠 소매 단이 그대로 드러난 검은색의 팔이었다.

바닥에 떨어진 검은 피부의 팔은 잠시 자신이 잘려나갔다는 것을 인식하지 못하는 듯 잠잠하다가 이내 갓 낚아올린 생선처럼 퍼덕였다.

오른손의 약지에 끼워진 금색의 금반지가 불빛에 번들거리는 광경은 그야말로 공포영화의 한 장면을 보는 듯 섬뜩했다.

　존 잭슨의 입이 쩍 벌어졌다.

　그가 자신의 오른팔을 바라보았다.

　그의 눈에 들어온 것은 너무나 썰렁하게 비어 있는 하나의 공간이었다.

　존 잭슨이 본 것은 팔꿈치부터 잘려나간 어색해 보이는 양복차림의 자신의 팔이었다.

　그 팔에 당연히 있어야 할 것이 보이지 않았다.

　덜덜덜.

　존 잭슨의 턱이 부들부들 떨리고 있었다.

　그로서는 살아오면서 이런 공포는 처음이었다.

　"끄끄끄끅."

　삽시간에 존 잭슨의 얼굴이 온통 땀으로 범벅이 되었다.

　잘려나간 팔은 그야말로 너무나 깔끔하게 잘려 있었다.

　그 때문인지 지금도 자신의 팔이 잘려나간 통증조차 느껴지지 않았다.

　존 잭슨이 입고 있던 양복조차 팔과 함께 잘렸지만 양복천의 실오라기 하나 나풀거리는 것이 없을 정도로 너무나 예리하게 잘려나가 있었다.

　존 잭슨은 자신의 팔이 잘린 부위를 떨리는 손으로 더듬었다.

"내, 내 팔… 으흐흐 내 팔……."

존 잭슨은 비명인지 울음인지 모를 괴음을 흘리며 바닥에 떨어진 자신의 팔을 바라보았었다.

피조차 흘러나오지 않는 존 잭슨의 팔이었다.

김동하의 냉혹한 눈이 존 잭슨의 얼굴을 차갑게 쏘아보았다.

"지금까지 살아오면서 당신이 지은 죄의 대가는 당신의 팔 하나만으로는 부족하다는 것은 스스로 알고 있겠지?"

김동하는 존 잭슨의 팔 하나를 자른 것으로 그에 대한 단죄를 마무리할 생각은 없었다.

김동하의 무량기에는 이미 존 잭슨이 어떤 사람이라는 것인 모조리 감지되고 있었다.

그것은 단순하게 천명을 회수하는 것만으로는 너무나 모자랄 정도였다.

존 잭슨이 땀으로 범벅이 된 얼굴을 들며 입을 쩍 벌렸다.

"커허헝 내 팔을 감히 너 같은 놈이……."

존 잭슨이 한쪽만 남은 팔을 들고 마치 곰처럼 김동하에게 달려들었다.

하찮고 천하게 생각했던 동양의 원숭이 사내에게 자신의 팔이 잘려나간 것은 존 잭슨에게는 그야말로 견딜 수 없는

절망감을 안겨주었다.

존 잭슨은 말 그대로 김동하와 함께 죽기를 바라는 듯 하나만 남은 팔을 들고 그대로 김동하를 덮쳐왔다.

미국의 프로레슬러 같은 체격에 몸무게 120kg이 넘는 거구가 한 손을 들고 달려드는 모습은 평범한 사람이 본다면 기겁을 하고 도망을 갈 정도로 위압적이었다.

더구나 입에서 괴성을 흘리며 눈을 하얗게 뒤집어 까고 덤벼든다면 웬만한 담력이 아니라면 대응하기가 힘들 정도였다.

하지만 김동하의 표정은 전혀 변화가 없었다.

"당신의 입으로 지은 죄의 대가도 받아야 하겠지?"

김동하가 자신의 오른손에 들린 부러진 정글도를 그대로 달려드는 존 잭슨의 얼굴 쪽으로 내밀었다.

콰드득.

부러진 정글도의 단면이 그대로 존 잭슨의 입으로 박혀들었다. 칼날 부위가 아닌 부러진 단면 쪽이었기에 존 잭슨은 얼굴이 갈라지는 것은 피했지만 그의 두툼한 얼굴 절반이 정글도의 단면에 의해 부서져 나갔다.

콰지직.

존 잭슨의 입으로 정글도의 부러진 도신이 근 10cm가 파고 들어갔다.

그 때문에 존 잭슨의 입안은 엉망으로 변했다.

거의 모든 이빨이 부서지고 칼날이 있는 부분은 갈라져 귀가 있는 부분까지 쭉 찢어졌다.

다행한 것은 칼의 단면이 존 잭슨의 뒤통수까지 관통하지 않은 것이었다. 칼의 단면이 뒤통수로 나왔다면 존 잭슨은 그 자리에서 절명했을 수도 있었다.

존 잭슨은 자신의 팔이 잘린 것과는 달리 얼굴과 입에서는 너무나 지독한 고통을 느꼈다.

"끄아악."

비명을 지르던 존 잭슨의 눈이 하얗게 뒤집어졌다.

"푸르르르릅."

뺨이 갈라져 귀 옆까지 찢어진 덕분에 이제 비명소리 대신 성대에서 울리는 소리가 갈라진 피부를 마치 문풍지처럼 푸들거리게 만드는 소리가 들렸다.

동시에 사방으로 존 잭슨의 피가 튀었다.

김동하가 얼음장 같은 시선으로 칼날을 회수했다.

순간 갈라진 존 잭슨의 입안이 보였다.

이빨은 보이지 않고 시뻘건 선혈에 부서진 이빨조각과 비명을 지르기 위해 길게 빼놓은 존 잭슨의 혀가 마치 핏물 먹은 고깃덩이처럼 보였다.

존 잭슨은 비명을 지르고 싶었지만 비명이 나오지 않았다. 단지 자신의 입을 통해 나오는 비명이 갈라진 살을 흔드는 느낌만 들었다.

"푸릅, 푸릅……."

존 잭슨의 입주변의 살이 흔들리자 사방으로 시뻘건 핏물이 튀었다. 김동하의 옆구리를 안고 있던 한서영이 너무나 참혹한 존 잭슨의 모습에 아예 김동하의 품에 얼굴을 묻어 버릴 정도였다.

존 잭슨은 자신의 갈라진 얼굴을 하나뿐인 손으로 다시 꿰맞추기라도 하려는 듯 얼굴을 감싸 쥐며 몸을 떨고 있었다. 오금이 저릴 정도로 너무나 참혹한 모습이었다.

클린트 루먼과 클레이튼 위티드를 비롯해 두 명의 부하들까지 하얗게 질린 얼굴로 존 잭슨을 바라보았다. 클린트 루먼은 자신의 손에 총이 있었지만 총을 쏘는 것조차 잊고 존 잭슨의 처참하게 변한 모습을 바라보았었다.

"이, 이건 꿈이야."

클린트 루먼이 지금의 상황이 믿어지지 않는다는 듯이 명한 얼굴로 중얼거렸다.

존 잭슨은 절반이 갈라진 자신의 얼굴을 만지며 바닥으로 무너지고 있었다. 잘린 오른팔도 아직 자신의 몸에 붙어 있다고 착각하는 듯 자신의 오른쪽 어깨를 움직이다가 중심을 잃고 바닥으로 쓰러졌다.

털퍽.

존 잭슨의 몸이 바닥에서 반 바퀴 데굴 굴렀다.

하지만 왼손은 그의 얼굴에서 떨어지지 않고 짐승 같은

괴음만 흘리고 있었다.

"푸릅, 푸릅. 푸푸푸푸."

무슨 말을 하는지 알아들을 수는 없지만 그가 울고 있다는 것을 존 잭슨을 바라보는 사람들은 모두가 알 수가 있었다.

존 잭슨은 절반이나 갈라진 자신의 얼굴을 만지며 절규하고 있었다. 온몸을 비틀며 울부짖는 그의 머릿속에는 자신을 이렇게 만들어 놓은 김동하가 사람이 아닌 악마라는 생각이 들 정도였다.

"크릅, 크릅, 큽, 큽."

얼굴의 절반이 갈라진 탓에 말을 할 수도 없는 존 잭슨의 입에서 피가 튀며 갈라진 살덩이가 부들거리고 있었다.

김동하는 그런 존 잭슨을 차가운 표정으로 바라보았다.

"앞으로는 지금까지 당신이 저질러 온 죗값을 치른다고 생각하고 평생 바닥만 보고 살아야 할 거야."

쉬익.

김동하의 손에 들린 반 토막의 정글도가 다시 한번 허공을 가볍게 갈랐다.

순간 바닥에 엎드려서 자신의 얼굴을 만지며 울부짖던 존 잭슨은 자신의 등이 섬뜩해지는 것을 느꼈다.

동시에 자신의 양발에 뜨끔한 통증이 느껴졌다.

"크, 크릅. 크⋯⋯."

몸을 비틀며 울부짖던 존 잭슨의 눈에 자신의 발에 신겨져 있던 구두 두 개가 바닥에 떨어져 있는 것이 보였다. 또한 자신이 입고 있는 바짓단에 당연히 보여야 할 자신의 두 다리가 보이지 않는 것을 보며 하얗게 눈을 뒤집었다. 두 다리까지 잘려버렸다는 것을 순간적으로 직감하며 정신을 잃은 것이다.

참으로 냉정하고 단호한 김동하의 손속이었다.

그 모든 장면을 바라본 클린트 루먼과 클레이튼 위티드를 비롯한 킹덤의 조직원들이 얼굴이 창백하게 질려갔다. 클린트 루먼의 얼굴이 땀으로 흥건하게 젖었다.

김동하는 정신을 잃고 쓰러져 있는 비대한 체구의 존 잭슨을 바라보다 한쪽에서 아직도 버둥거리고 있는 에릭마쉬의 곁으로 가볍게 밀어 찼다.

툭.

쭈우욱—

120kg가 넘는 드럼통 같은 존 잭슨의 몸이 거실바닥에 시뻘건 핏자국을 남기고 에릭마쉬의 곁으로 밀려나갔다.

참으로 가벼운 발길질에 존 잭슨은 마치 헝겊조각으로 만든 인형처럼 가볍게 밀려갔다.

바닥에서 버둥거리던 에릭마쉬는 동료인 존 잭슨이 마치 푸줏간의 고깃덩이 같은 모습으로 자신에게 밀려오자 그와 떨어지려 버둥대고 있었다. 에릭마쉬의 눈에도 쉴 새

없이 눈물이 쏟아지고 있었다.

그로서는 오늘의 작전에 자신이 스스로 참가했다는 것이 너무나 후회스러웠다. 할 수만 있다면 당장 이 자리에서 도망을 가고 싶지만 움직여지지 않는 자신의 몸이 원망스럽다는 생각까지 들었다.

김동하가 다시 몸을 돌렸다. 그때였다.

"우, 움직이지 않는 것이 좋을 거야. 저 여자의 머리통이 부서지는 것을 보고 싶지 않다면 말이다."

존 잭슨과 김동하를 지켜보던 클린트 루먼이 땀으로 범벅이 된 얼굴로 자신의 은제 리볼버를 들고 한서영을 겨냥하고 있었다.

정확하게는 한서영의 머리 쪽을 겨냥했다.

클린트 루먼이 딱딱하게 굳은 얼굴로 입을 열었다.

"네, 네가 어떻게 에릭과 존을 저렇게 만들었는지 잘 모르지만 나는 다를 거야. 나한테는 통하지 않는다는 말이다. 함부로 움직이면 저 여자가 죽을 거야."

말을 하는 클린트 루먼의 총구가 덜덜 떨리고 있었다.

매그넘의 클린트라는 별명을 가진 그로서도 지금의 상황은 그야말로 악몽으로 다가왔다.

클린트 루먼은 당장이라도 이곳을 빠져 나가고 싶었지만 몸이 움직여지지 않았다. 그가 할 수 있는 최선이라면 나갈 수 있는 기회를 만드는 것뿐이었다.

그렇게 하기 위해 클린트 루먼이 선택한 것은 김동하의 품에 안겨 있는 한서영이었다.

클린트 루먼은 비록 사정없이 떨리는 손이지만 자신에게 매그넘의 클린트라는 별명을 안겨준 리볼버를 정확하게 한서영의 머리로 겨냥했다.

총탄이 발사된다면 한서영의 머리는 아마 절반쯤은 그냥 부서져버릴 정도로 위력적인 클린트 루먼의 총이었다.

김동하의 표정이 딱딱하게 굳었다. 한서영도 겁에 질린 얼굴로 더욱 김동하의 허리춤을 꼭 껴안았다.

한서영이 이 세상에서 가장 안전하다고 믿는 곳은 오직 김동하의 옆이라는 것을 그녀 스스로 증명하는 셈이었다. 김동하의 눈빛이 서늘하게 빛나고 있었다.

"그럴 수 있을 것 같나?"

클린트 루먼은 김동하가 전혀 겁을 먹는 눈치가 아니었기에 입안이 답답해지는 느낌이었다.

클리트 루먼이 입술을 깨물며 입을 열었다.

"확인해 보고 싶은가?"

얼굴이 땀으로 범벅이 된 클린트 루먼의 머릿속에는 당장 이곳을 나갈 생각뿐이었다. 부하들이야 어떻게 되어도 상관은 없지만 자신만은 반드시 이 악마와 같은 김동하의 손에서 벗어나고 싶다는 욕심뿐이었다.

부하들을 잃고 혼자서 돌아가게 된다면 보스인 마이클

할버레인으로부터 질책은 듣게 되겠지만 그보다는 자신이 살아남는 것이 더 큰 문제였다.

김동하가 존 잭슨의 우지기관총의 총탄세례를 피하고 자신의 리볼버까지 피하는 것을 보며 자신이 다시 총을 쏜다고 해도 김동하가 피할 것이라는 두려움 때문에 함부로 총을 쏘지도 못했다. 만약 오늘 이 자리를 피할 수만 있다면 다음에는 아예 전 조직원을 동원해서 김동하와 대면해야 할 것이라고 생각했다.

클레이튼 위티드과 두 명의 부하들도 하얗게 질린 얼굴로 지금의 상황을 지켜보았다. 클레이튼 위티드는 킹덤의 이인자로 인정받고 있던 클린트 루먼의 지금과 같은 모습은 단 한 번도 본 적이 없었다.

지금 클레이튼 위티드의 눈에 비친 클린트 루먼은 함부로 노상강도짓을 하려다 엄청난 상대를 만나 겁에 질려서 덜덜 떨고 있는 뒷골목의 양아치 그 이상도 이하도 아닌 모습이었다.

한편 클린트 루먼이 한서영을 향해 총구를 겨누자 김동하의 표정이 딱딱하게 굳어졌다.

"그렇지 않아도 당신만큼은 저자들과는 다르게 처리해야 한다는 생각을 했었지. 확실히 그럴 만하군 그래."

김동하의 표정은 무척 싸늘했다.

클린트 루먼의 눈이 심하게 흔들리고 있었다.

"나, 날 어쩌지는 못해. 내가 누군지 알아?"

김동하가 피식 웃었다.

"처음엔 당신들이 누군지 알고 싶었는데 지금은 굳이 알 생각도 없다고 분명 말을 했는데. 잊은 모양이군."

김동하의 표정은 몹시도 담담해 보였다.

다만 김동하의 눈빛이 마치 얼음처럼 차갑고 냉정하여 클린트 루먼은 너무나 두렵기만 했다.

"나, 난 킹덤의 매그넘 클린트야. 날 건드리면 킹덤 전체를 상대해야 할 거야."

클린트 루먼은 김동하의 눈빛을 받는 순간 온몸이 저리는 공포심을 느껴야 했다.

김동하의 눈이 살짝 찌푸려졌다.

"킹덤?"

김동하가 클린트 루먼을 바라보며 물었다.

"킹덤이라는 게 뭐지?"

클린트 루먼은 너무나 두렵게 느껴지는 김동하가 킹덤이라는 말에 호기심을 갖자 눈빛이 달라졌다.

클린트 루먼이 덜덜 떨리고 있는 리볼버의 총구를 여전히 한서영의 머리를 겨냥하며 입을 열었다.

"키, 킹덤은 뉴욕을 지배하고 있는 조직이다. 난 그런 킹덤의 보스이고……."

클린트 루먼의 말에 김동하가 눈을 깜박이며 클린트 루

면의 얼굴을 빤히 바라보았다.

김동하의 입술이 열렸다.

"그러니까 킹덤이라는 곳은 과거 조선에서 저잣거리에서 선량한 양민들이나 힘없는 서민들을 겁박해서 잇권을 챙기던 왈패들과 같은 패거리들이라는 의미로군?"

말을 하는 김동하의 눈빛이 달라지고 있었다.

김동하가 한서영을 자신의 몸뒤로 감추었다.

클린트 루먼은 한서영이 김동하의 등 뒤로 돌아가자 어금니를 깨물었다.

손이 떨리고 있는 까닭에 순간적으로 한서영을 겨냥하고 있던 리볼버의 표적을 잃어버린 것이었다.

한서영을 겨냥하고 있던 총구가 김동하의 미간으로 향했다. 클린트 루먼의 입술이 떨리고 있었다.

"무, 무슨 말을 하는지 모르지만 네가 날 건드린다면 킹덤 전체를 감당해야 할 거야. 아무리 네놈이 귀신같은 힘을 가지고 있다고 하지만 네놈 혼자서 킹덤 전체를 상대하는 것은 스스로 죽음을 자초하는 길이란 것을 알아야 할 거야."

말을 하는 클린트 루먼은 자신의 목소리가 떨리는 것이 부끄러워진 것인지 얼굴이 붉게 달아올랐다.

하지만 이렇게 가까운 거리에서라면 자신의 리볼버에 장탄되어 있는 매그넘탄이 빗나갈 리가 없다고 확신했다.

그럼에도 손이 떨리는 것은 어쩔수가 없었다.

클린트 루먼이 여전히 떨리고 있는 총구를 김동하의 미간에서 떼어놓지 않았다.

이런 근거리에서 총을 쏘았는데도 만약 김동하가 그것마저 피해버린다면 자신 역시 바닥에 쓰러진 채 버둥거리고 있는 에릭마쉬와 존 잭슨처럼 당하게 될 것이다.

클린트 루먼은 그것이 두렵기만 했다.

클린트 루먼으로서는 40년 넘게 살아온 지금까지 이렇게 두려움을 느낀 상대는 처음이었다.

마치 온몸이 철갑으로 무장된 판타지 영화 속에서나 나올 것 같은 괴물과 대면하고 있는 느낌이었다.

김동하의 눈빛이 차분하게 반짝였다.

김동하가 입을 열었다.

"킹덤인지 뭔지 사람의 생명을 금수의 목숨보다 하찮게 여기는 자들이라면 내가 먼저 킹덤이라는 곳을 찾아갈 테니 그런 것으로 날 막을 생각은 하지 않는 게 좋아."

김동하의 표정은 담담했다.

하지만 그런 김동하의 얼굴과는 달리 목소리는 너무나 차갑고 냉정했다.

김동하의 등 뒤에 몸을 숨긴 한서영은 김동하가 이렇게 차갑게 사람을 대하는 것이 처음이었다.

그녀가 알고 있는 김동하는 다정하고 부드러우며 나이답

지 않게 자상한 남자였다. 그런 김동하가 변하고 있다는 것을 한서영은 본능적으로 느꼈다.

더구나 이런 한밤중에 레이얼가를 침범한 사람들이 난생처음 들어보는 킹덤이라는 미국의 갱 조직이었다는 것에 한서영이 가늘게 몸을 떨었다. 김동하는 자신의 등 뒤로 숨긴 한서영의 몸이 가늘게 떨고 있다는 것을 느끼며 왼손을 뒤로 돌려 한서영을 살며시 토닥였다.

보지 않고 그저 손만 등 뒤로 돌린 김동하였지만 한서영은 김동하가 자신의 등을 토닥거리는 순간 떨리던 마음이 한순간에 진정이 되는 것을 느꼈다.

김동하의 몸속에 가득한 무량기의 기운을 나누어 주고 있다는 것을 한서영은 단번에 눈치챘다.

"도, 동하야."

한서영은 김동하에게 이 세상 누구보다 강한 힘이 있다는 것을 알고 있었다. 그렇지만 그 힘을 자신에게 나누어 줌으로 인해 김동하가 혹시라도 위험에 처할 수 있을지 모른다는 생각에 나직하게 김동하의 이름을 불렀다.

김동하는 아무 말도 하지 않았다.

단지 뚫어지게 자신의 미간을 겨냥하고 있는 클린트 루먼의 총구만 쏘아보고 있었다.

김동하는 제일 먼저 자신에게 총을 쏜 에릭마쉬의 총탄이 자신의 얼굴을 스치는 순간 그들이 가지고 있는 총이라

는 무기가 상상을 초월할 정도로 위력적이며, 한순간에 사람을 죽일 수 있는 무기라는 것을 알았다.

그 때문에 존 잭슨과 클린트 루먼이 자신을 겨냥할 때 미리 준비를 하고 있었기에 그들의 총탄을 피할 수 있었던 것이다. 더구나 지금의 상황은 아내가 될 한서영까지 보호해야 했기에 잠시도 클린트 루먼의 총구에서 시선을 뗄 수가 없었다.

자칫 잘못하면 한서영이 다칠 수도 있기 때문이다.

행여 한서영이 총에 맞아 다친다 해도 천명을 이용해서 한서영을 다시 살려낼 수도 있지만, 한서영이 고통을 겪는 것은 어쩔 수 없었기에 그것조차 용인하고 싶은 생각이 없었다. 김동하가 등을 돌린 채 한서영의 등을 토닥이며 입을 열었다.

"걱정하지 마세요. 내가 허락하지 않는 한 그 누구도 누님을 건드리지 못할 테니까요."

부드러운 김동하의 목소리였다.

하지만 그것 만으로도 한서영은 온몸이 떨리는 두려움이 단번에 사라지는 것을 느꼈다.

클린트 루먼은 김동하와 한서영이 한국어로 대화를 나누는 것을 보며 입술을 잘근 깨물었다.

알아듣지 못하는 말이었기에 지금 두 사람이 무슨 말을 하고 있는 것인지 너무나 궁금했다. 그때였다.

벌컥—

레이얼가 본채의 문이 왈칵 열리며 두 사람이 급하게 저택의 거실로 들어섰다. 총으로 무장한 별채로 향한 킹덤의 조직원 중 두 사람이었다.

앞장선 사내는 별채를 장악해서 레이얼가의 저택 보안장비를 무력화 시키라는 임무를 맡은 케빈 와이젝이었다.

"클레이튼! 무전이 먹통인 것 같은데 무슨 일입니까? 여긴 상황이 아직 끝나지 않은 겁니까?"

케빈 와이젝은 레이얼가의 별채를 장악하고 별채에 거주하고 있던 레이얼가의 식솔들을 모두 감금시켜 놓은 뒤 보안장비까지 완전히 부숴놓았다.

그 후 다음 지시를 기다리다 결국 참지 못하고 본채로 달려온 것이다. 본채의 거실로 들어선 케빈 와이젝과 같은 임무를 띠고 별채로 향했던 브랜드 맥도너가 눈살을 찌푸렸다. 거실로 들어선 순간 상황이 이상하다는 것을 단번에 눈치챈 것이다.

제일 먼저 눈에 띈 것은 본채의 거실 바닥에 피투성이가 되어 쓰러진 채 버둥거리고 있는 에릭머쉬와 존 잭슨의 모습이었다.

킹덤에서도 베테랑 조직원으로, 보스 마이클 할버레인과 킹덤의 이인자라고 할 수 있는 클린트 루먼의 신임을 받고 있는 에릭마쉬와 존 잭슨이 너무나 황당한 모습으로

쓰러져 있자 멍한 표정으로 두 사람을 바라보았다.

"이게 뭡니까?"

케빈 와이젝이 눈을 부릅떴다.

막 거실로 들어선 그들과 김동하와 대면하고 있는 클린트 루먼과의 거리는 15m가 넘는 거리가 있었다.

그때였다. 김동하와 대면하고 있던 클린트 루먼이 이를 악물며 김동하의 머리를 향해 총을 쏘았다.

콰앙—

클린트 루먼의 리볼버 총구에서 시퍼런 불꽃이 튀었다.

동시에 클린트 루먼의 악을 쓰는 목소리가 들렸다.

"이 자를 쏴. 온몸을 벌집으로 만들란 말이다."

클린트 루먼은 자신이 쏜 총탄이 김동하의 머리를 꿰뚫기를 바랐다. 그래도 방심할 수가 없었기에 급하게 거실로 들어선 부하들에게 소리치고 있었다. 그와 동시에 거의 몸이 얼어붙어 있었단 클레이튼 위티드와 두 명의 부하들까지 다급하게 한쪽으로 몸을 숙이며 소리쳤다.

"쏴."

"쏘란 말이다."

세 명의 사내 역시 무척이나 다급하게 소리치며 몸을 피했다. 행여 동료의 총탄에 자신들이 당하게 될 것을 우려하며 몸을 피하는 것이다.

클린트 루먼의 고함소리에 놀란 듯 눈을 부릅뜬 케빈 와이젝과 브렌드 맥도너는 잠시 흠칫했지만 이내 상황을 인식한 듯 김동하와 한서영을 향해 총구를 돌렸다.

두두두두둑—

타타타타탕—

두 명의 총에서 시퍼런 불빛이 튕겨졌다.

구형 칼라니시코프 기관총이었다.

목재 개머리판을 제거한 두 명의 기관총은 삽시간에 레이얼가의 저택을 전쟁터로 착각하게 만들 정도로 엄청난 총탄을 쏟아냈다.

철컥. 철컥.

두 명의 총에서 탄창이 비워진 것은 불과 2, 3초도 걸리지 않을 정도로 짧은 시간이었다.

하지만 그것만으로도 레이얼가의 저택은 그야말로 폭격을 맞은 것처럼 난장판으로 변해버렸다.

사방에 총탄이 박힌 흔적들이 가득했고 대리석으로 만들어진 거실벽체는 총탄에 맞은 석벽이 깨어져 나가며 돌먼지가 가득하게 피어올랐다. 바닥에 쓰러진 채 버둥거리고 있던 에릭마쉬와 존 잭슨도 한순간에 난사된 총탄에 온몸이 고통스러웠지만 몸을 웅크린 채 버둥거렸다.

총을 난사한 두 사내들의 발 앞에 아직도 열기를 품은 탄피들이 어지럽게 떨어져 굴렀다.

급하게 김동하의 머리에 총을 쏘고 뒤로 물러선 클린트

루먼이 온몸이 총탄에 격중되어 피투성이가 되어 쓰러진 김동하와 한서영을 기대하며 방금 전까지 그들이 서 있던 곳을 바라보았다.

클린트 루먼의 눈이 껌벅였다.

동시에 클린트 루먼과 함께 김동하와 한서영에게 총을 난사한 케빈 와이쩩과 브렌드 맥도너 역시 약간 멍해진 눈으로 눈을 껌벅이며 앞을 바라보고 있었다.

당연히 바닥에 피범벅이 되어 쓰러져 있어야 할 두 남녀의 모습을 기대했지만 그들의 시선 어디에도 두 사람의 흔적은 보이지 않았다. 그때였다.

"확실히 총이란 것이 위험한 물건인 것 같군."

나직하게 말하는 굵은 남자의 목소리가 허공에서 들려왔다. 순간 클린트 루먼과 클레이튼 위티드를 비롯한 세 명의 사내들을 비롯하여 김동하와 한서영에게 총을 난사한 두 사내가 멍한 시선으로 허공을 바라보았다.

동시에 그들의 얼굴이 하얗게 변했다.

그들의 눈에 들어온 것은 차가운 표정의 김동하가 한서영을 안은 채 마치 멈춘 듯 허공에 떠 있는 모습이었다. 두 사람의 체중을 합치면 100kg이 훨씬 넘는 몸무게였지만 지금의 김동하와 한서영은 마치 중력이 사라진 것처럼 허공에 둥실 떠올라 자신들을 바라보고 있었다.

클린트 루먼의 입이 쩍 벌어졌다.

"어, 어떻게……."

다른 사내들도 마찬가지였다.

"유, 유령이야."

김동하와 한서영이 공중에 떠올라 있는 것을 발견한 사내들은 자신들이 귀신과 대면하는 듯한 공포를 느꼈다.

특히 클린트 루먼은 한서영을 안고 있는 김동하가 마치 사람이 아니라 몽환 속에 나오는 악령과 같은 느낌이 들어 등골에 소름이 돋아났다.

그때 김동하가 너무나 부드럽게 아래로 내려섰다.

한서영은 김동하의 듬직한 품에 꼭 안겨 있었다.

한서영은 김동하의 품이 너무나 안전하면서 포근하고 듬직한 곳이라는 것을 다시 한번 느끼고 있었다.

김동하와 한서영이 아래로 내려서고 있었지만 누구도 총을 쏠 생각을 하지 못했다.

클린트 루먼도 자신의 손에 아직 총탄이 장전된 리볼버가 쥐어져 있었지만 그것을 들어 김동하를 겨냥할 생각조차 잊은 얼굴이었다.

너무나 사뿐하게 아래로 내려선 김동하가 한서영을 살며시 떼어놓으며 클린트 루먼이 서 있는 곳으로 발걸음을 옮겼다.

"이미 말했던 대로 당신들이 어디서 왔건 무엇을 하는 사람이건 지금은 물어볼 생각이 없어. 이유 없이 사람을 죽

이려고 한 사람들에게 군자의 도리를 지켜 예를 갖추는 것은 미련한 짓이니까 말이야.”

감정이 담기지 않은 듯 담담한 목소리였다.

하지만 듣는 사람에게는 그야말로 온몸이 저릿할 정도의 공포심이 저절로 느껴질 정도로 차가웠다.

나직하게 말한 김동하가 클린트 루먼의 목 아래를 손가락으로 쿡 찔렀다.

쿡―

“큭.”

클린트 루먼의 눈이 찢어질 듯 부릅떠졌다.

목 아래를 찔린 클린트 루먼은 한순간 자신의 온몸에서 모든 감각이 사라지는 것을 느꼈다.

아픈 것도 없었고 춥거나 덥다는 느낌조차 한순간에 사라지자 얼굴이 굳어지고 있었다.

김동하가 온몸이 굳어버린 채 서 있는 클린트 루먼의 오른손에 쥐어진 은제의 리볼버 권총을 바라보았다.

김동하의 눈이 매섭게 변했다.

“악취가 지독하군 그래.”

김동하의 입에서 나직한 목소리가 울렸다.

동시에 김동하의 손이 가볍게 움직였다.

서걱.

아무것도 쥐지 않는 맨손이었다. 하지만 그 어떤 칼보다 날카로운 예기를 품은 손으로 변하는 것은 단 한순간이었다.

툭.

덜컥—

온몸의 감각을 잃어버린 클린트 루먼은 자신의 귀로 무언가 묵직한 것이 바닥에 떨어지는 소리가 들리자 눈알을 굴렸다. 무엇인지 확인해 보려 했지만 온몸의 감각이 사라지고 몸이 굳어서 머리조차 돌릴 수 없는 상황이었기에 확인조차 할 수가 없었다.

하지만 다른 킹덤의 조직원들은 아예 혼이 빠진 얼굴로 클린트 루먼과 김동하를 바라보고 있었다.

김동하의 맨손이 너무나 간단히 총을 쥐고 있는 클린트 루먼의 팔을 잘라버리는 것을 그들의 눈으로 생생하게 지켜보고 있었다.

클린트 루먼은 자신의 손이 잘려나갔다는 것을 의식하지 못하는 듯 멍한 얼굴로 눈알만 뒤룩뒤룩 굴리고 있었다. 잘려진 팔에서 그제야 수돗물이 쏟아지듯 피가 바닥으로 뿌려졌다.

주르르르르르.

마치 온몸의 피가 한꺼번에 빠져나가듯 클린트 루먼의 잘린 팔에서 뿜어지고 있는 시뻘건 선혈은 그의 다리를 시뻘겋게 적셨다.

클린트 루먼의 팔에서 흘러내린 피가 바닥에 떨어져 튀는 것을 본 김동하가 이마를 찌푸리며 그의 잘린 팔의 안쪽을 가볍게 움켜쥐었다.

우직.

뼈가 으스러지는 소리가 들리면서 순식간에 클린트 루먼의 팔에서 쏟아지던 피가 멈춰버렸다. 지켜보고 있던 한서영도 놀란 얼굴로 김동하를 바라보았다.

저런 식의 지혈은 그녀로서는 단 한 번도 들어본 적이 없었다. 새롭게 드러나는 김동하의 능력에 이제는 경이로운 느낌마저 들었다.

클린트 루먼의 목을 찌르고 그의 팔을 잘라낸 김동하가 클린트 루먼의 팔에 지혈까지 한 이후 멍한 얼굴로 거실 입구 쪽에 서 있는 케빈 와이젝과 브렌드 맥도너를 돌아보았다. 김동하와 시선이 마주친 두 사내는 온몸이 굳어버리는 느낌이 들었다.

손에 총을 들었지만 새로 탄창을 갈아 끼울 생각도 나지 않았고 방어를 해야 한다는 생각도 나지 않았다.

마치 김동하의 시선이 그물이라도 되는 듯 그들의 몸이 딱딱하게 굳어버리는 느낌이 들었다.

"이, 이런……."

두 사내의 얼굴이 삽시간에 흥건한 땀으로 범벅이 되었다. 차가운 시선으로 두 사내를 바라보던 김동하가 그들에게 나직하게 입을 열었다.

"이쪽으로 와."

김동하의 말이 끝나자마자 두 사내는 자신들도 모르게 김동하가 서있는 방향으로 걸음을 옮기고 있었다.

김동하의 말을 듣지 않는다면 당장에 김동하가 자신들의 목숨을 가져갈 것 같은 공포를 느꼈다.

총을 쏘아도 상대를 맞출 수 없다면 무용지물이었기에 다시 총을 쏠 생각도 나지 않는 두 사람이었다.

두 사람이 땀에 젖은 얼굴로 김동하를 향해 다가오자 김동하가 하얗게 질린 얼굴로 옆으로 비켜 서 있던 클레이튼 위티드와 두 명의 부하들에게도 시선을 던졌다.

"당신들도 마찬가지야. 이쪽으로 와."

나직하게 말하는 김동하의 목소리에는 절대로 거역할 수 없는 신비로운 힘이 담겨 있었다.

클레이튼 위티드는 온몸이 뻣뻣하게 굳어버린 클린트 루먼을 바라보다 하얗게 질린 얼굴로 거실로 들어선 두 사내와 마찬가지로 김동하를 향해 다가왔다.

이내 다섯 명의 사내들이 클린트 루먼의 옆에 서 있는 김동하의 앞으로 다가왔다.

모두의 얼굴은 귀신을 보는 듯 창백하게 질려 있었다.

하긴 맨손으로 킹덤에서도 잔인하기로 악명 높은 클린트 루먼 같은 사내의 팔을 잘라내는 것을 보고 제정신을 가질

수 있는 사람은 이 세상에 아무도 없을 것이다.

다섯 명의 사내들이 김동하의 앞으로 다가온 것은 불과 10초도 걸리지 않았다.

온몸이 굳어버린 클린트 루먼은 부하들이 너무나 온순하게 김동하의 명령에 복종하는 것을 보며 눈을 껌벅였다. 자신의 앞으로 다가온 다섯 명의 사내들을 본 김동하가 나직하게 입을 열었다.

"당신들은 이자와는 다른 대가를 치르게 해주지. 힘들겠지만 아마 이자에게 내려질 대가보다는 훨씬 견디기 쉬운 것이란 것을 곧 알게 될 거야."

말을 마친 김동하가 클레이튼 위티드의 머리를 손으로 짚었다.

쿡.

"헉."

클레이튼 위티드는 김동하의 손이 자신의 머리를 쪼개어버릴 것 같은 공포심에 자신도 모르게 헛숨을 들이켰다. 하지만 그저 김동하의 손이 자신의 머리를 짚기만 하지 다른 행동을 하지 않는다는 것을 곧 직감하며 안도하는 표정을 지었다.

그러나 곧 그의 얼굴이 변하기 시작했다.

온몸에서 마치 썰물이 빠져나가듯 모든 기력이 한순간에 사라지는 것을 느낀 것이다.

"허어억."

클레이튼 위티드의 입에서 한숨과 같은 묘한 탄성이 흘러나왔다. 김동하에게 온몸을 금제당한 채 눈알만 굴려 상황을 바라보고 있던 클린트 루먼이 김동하가 클레이튼 위티드의 머리를 짚는 것을 바라보다 눈을 치켜떴다.

"끄그그극."

온몸을 비틀며 굳어버린 자신의 몸을 움직이려 했지만 전혀 움직여지지 않았다.

클린트 루먼의 눈에 클레이튼 위티드의 얼굴이 한순간에 변하는 것이 너무나 생생하게 들어왔다. 40대 후반으로 킹덤에서는 나름 행동조직원으로 보스의 신뢰를 받던 클레이튼 위티드가 순식간에 늙어간 것이다.

다른 사내들도 마찬가지였다.

"허억."

"오마이갓."

"세상에……."

모든 사내들은 클레이튼 위티드가 너무나 짧은 시간에 70대 후반의 노인처럼 쭈글쭈글한 주름으로 가득해진 것을 보며 경악했다. 도망을 가고 싶었고 이 자리에서 당장이라도 벗어나고 싶었지만 온몸이 마치 결박이라도 된 것처럼 꼼짝도 할 수 없는 사내들이었다.

주르르르륵.

지켜보고 있던 클린트 루먼의 바짓가랑이에서 누런 물이 흘러내려 바닥에 흥건하게 고인 핏물과 섞이고 있었다. 너무나 극악한 공포심에 클린트 루먼이 오줌을 싸버린 것이다. 공포는 그야말로 최악의 전염병과 같았다.

매그넘의 클린트라는 별명으로 불리던 킹덤의 둘째보스인 클린트 루먼이 지독한 공포에 오줌을 지려버리자 다른 사내들도 자신들도 모르게 오줌을 흘리고 있었다.

지켜보던 한서영의 이마가 찌푸려지고 있었다.

김동하는 단호하게 다섯 명의 사내들의 몸에서 천명을 회수했다. 클레이튼 위티드는 자신이 이제는 물 한잔 먹기도 힘들어 해야 할 노인의 모습으로 변해버린 것을 확인하고 하얗게 눈을 까뒤집었다.

그 모든 것을 생생하게 지켜본 클린트 루먼도 아예 기절을 하고 싶은 심정이었지만 온몸이 김동하에게 금제를 당한 상태였기에 그럴 수도 없었다.

이내 거실에는 바닥에서 신음을 흘리며 버둥거리는 에릭 마쉬와 존 잭슨을 비롯. 눈살이 찌푸려질 정도의 지릿한 오줌냄새를 풍기는 다섯 명의 노인들과 팔이 잘린 채 혼이 빠진 얼굴로 김동하를 바라보는 킹덤의 이인자인 클린트 루먼만이 남아 있었다.

다섯 명의 사내들에게 천명을 회수한 김동하가 시선을 돌려 클린트 루먼을 바라보았다.

"당신에게는 아직 내려질 단죄가 더 남아 있다는 것을 기억해야 할 거야. 당신만큼은 이대로 끝내지 않을 테니까."

김동하의 말에 온몸이 딱딱하게 굳어버린 클린트 루먼이 살려달라고 애원을 하고 싶은 듯 입술을 달싹거렸다.

그러나 마치 목에 단단한 자물쇠가 채워진 듯 목소리가 흘러나오지 않았다.

"끅끅."

클린트 루먼이 온몸에서 땀을 흘리며 몸을 비틀었지만 금제를 당한 몸은 움직여지지 않았다.

그런 클린트 루먼을 보며 김동하가 몸을 돌렸다.

한서영이 창백한 얼굴로 김동하를 바라보고 있었다.

김동하가 사악하고 나쁜 사람들에게서 천명을 회수하는 장면을 보는 것은 처음이 아니었지만 볼 때마다 한서영은 왠지 모를 두려움이 느껴졌다.

김동하가 한서영을 보며 부드럽게 입을 열었다.

"누님은 잠시 여기서 기다려 주셔야 할 것 같습니다."

한서영이 다급하게 물었다.

"어딜 가려고?"

한서영은 김동하가 자신의 곁을 떠난다는 것에 두려움을 느꼈다. 김동하가 바닥에 쓰러진 사내들과 온몸이 굳은 클린트 루먼을 힐끗 본 후에 입을 열었다.

"이자들이 누님을 어떻게 할 순 없을 겁니다. 아마 혼자

서는 일어서지도 못할 테니까요."

한서영이 물었다.

"어딜 가냐니까?"

한서영의 김동하가 어디를 가는 것인지만 궁금할 뿐이었다. 바닥에 쓰러진 사내들이 움직이건 말건 그것은 그녀에게 전혀 중요한 것이 아니었다. 김동하가 대답했다.

"모두 9명이 저택에 들어왔습니다. 여기에 8명이 있으니 한 명이 남아 있지요. 그자를 잡아올 겁니다."

"별채에 간다는 말이야?"

한서영은 김동하가 멀리 가는 것이 아니라 뒤쪽의 별채로 간다는 것에 다소 안심한 표정을 지었다.

김동하가 머리를 끄덕였다.

"예. 그자 하나로 인해 다른 사람들이 위험해질 수 있을지 몰라 그자마저 이곳으로 데려와야 할 것 같습니다."

한서영이 굳은 얼굴로 머리를 끄덕였다.

"그럼 빨리 와. 나 동하가 없으면 무서워."

김동하가 부드럽게 웃었다.

한서영이 마치 아빠의 품에서 떨어지는 것을 두려워하는 어린 소녀처럼 느껴졌기 때문이었다.

"물론입니다. 빨리 돌아오겠습니다."

"알았어."

한서영이 머리를 끄덕였다. 그때였다.

"이, 이게 어떻게 된 일이요?"

거실의 한쪽에서 딱딱하게 굳은 얼굴의 젊은 금발의 사내가 두 명의 여인과 함께 나타났다.

사내의 옆에는 긴 엽총을 든 사내가 서 있었다.

집사 피터 에반스가 지하실로 피신한 토마스 레이얼 회장 부부에게 거실에서 벌어진 상황을 알렸다.

그러자 은인인 김동하와 한서영의 안위를 걱정한 토마스 레이얼 회장이 피터 에반스 집사의 만류를 무시하고 와인 저장고에서 나와 거실로 올라온 것이다.

자신의 생명과 아내와 딸의 생명까지 살려준 은인이 어디서 온 것인지도 모를 정체불명의 침입자에게 당하는 것은 토마스 레이얼 회장에게는 너무나 참혹한 일이었기 때문이다. 그 때문에 차라리 자신이 당하더라도 김동하와 한서영만큼은 반드시 지켜주고 싶었던 토마스 레이얼 회장이었다.

토마스 레이얼 회장의 부인인 안젤리나와 딸 에이미 레이얼도 난장판으로 변한 거실의 상황을 보며 입을 쩍 벌렸다. 에이미 레이얼이 한서영을 발견하고 소리쳤다.

"닥터한."

에이미의 부름에 한서영이 머리를 돌려 바라보았다.

"괘, 괜찮아요? 다친 곳은 없어요?"

에이미는 한서영이 머리칼이 헝클어진 채 얇은 잠옷차림

으로 서 있는 것을 보며 가슴이 덜컥 내려앉았다.

한서영이 약간 상기된 얼굴로 입을 열었다.

"난 괜찮아요. 에이미 아가씨는 다친 곳 없어요?"

"아뇨. 보다시피 우린 괜찮아요. 그런데 닥터한이나 닥터김이……."

밀을 히던 에이미가 김동하의 얼굴을 바라보다 두 손으로 입을 막았다.

"꺅! 닥터김의 얼굴이……."

에이미가 김동하의 뺨에 길게 생겨난 총알이 스친 자국을 발견하고 비명을 질렀다.

김동하가 자신의 뺨을 살짝 손으로 만졌다.

뺨에 에릭마쉬가 쏜 총탄이 스쳐간 상처가 만져졌다.

김동하가 혀를 찼다.

"쯧! 잠시 잊고 있었군."

김동하가 이내 자신의 옷소매로 자신의 얼굴에 난 상처를 가볍게 닦았다.

한순간에 김동하의 얼굴에서 총탄이 스쳐간 상처가 사라졌다. 마치 다른 사람의 피가 얼굴에 튄 것을 닦아낸 것처럼 그의 얼굴은 너무나 멀쩡하게 되돌아와 있었다.

김동하가 싱긋 웃으며 에이미에게 말했다.

"전 괜찮습니다, 에이미 아가씨."

"아!"

에이미 레이얼은 피로 물들어 있던 김동하의 얼굴이 멀쩡해진 것을 보며 탄성을 터트렸다.

그때 집사 피터 에반스가 조심스럽게 바닥에 쓰러진 사내들을 살피며 김동하에게 다가왔다.

"어, 어떻게 된 일입니까?"

김동하가 대답했다.

"이자들의 말로는 킹덤이라는 조직에서 찾아왔다고 하였는데, 아무래도 조금 더 알아봐야 할 것 같습니다."

김동하의 말에 피터 에반스가 눈을 부릅떴다.

"어디라고요?"

"이자들의 말로는 킹덤이라고 하더군요."

"세상에……."

뉴욕에서 킹덤이라는 할렘의 갱조직을 모르는 사람은 없었다. 대낮에도 맨해튼의 거리 한가운데서 총질을 해대는 조직이 바로 킹덤이라는 악명 높은 갱단이었다.

다만 일반인들과는 그렇게 마찰을 빚지 않는다는 정도로 알려져 있었다.

그런 킹덤이 상관도 없는 레이얼가의 저택을 노린 것은 너무나 충격적이었기에 피터 에반스가 질겁한 것이다.

토마스 레이얼 회장도 김동하가 킹덤이라는 갱조직의 이름을 입에 올리자 놀란 표정으로 바닥에 쓰러진 사내들과 끙끙거리는 모습으로 팔이 잘린 채 서 있는 클린트 루먼을

바라보았다.

김동하가 피터 에반스 집사를 바라보며 입을 열었다.

"잘 올라오셨습니다. 별채에 아직 남아 있는 자가 한 명 있는데 그자를 데려올 테니 잠시 이자들을 지켜봐 주시면 됩니다."

피터 에반스가 굳은 얼굴로 머리를 끄덕였다.

"아, 알겠습니다."

이내 김동하가 거실을 빠져나갔다.

그런 김동하의 뒷모습을 바라보던 토마스 레이얼 회장이 바닥에 쓰러져 눈을 감고 있는 다섯 명의 노인을 보며 눈을 동그랗게 떴다.

"이 노인들이 저택을 침입한 것입니까? 한눈에 보아도 적지 않은 나이같은데 어떻게……."

토마스 레이얼은 저택을 침입할 정도라면 상대적으로 근력이 센 젊고 날렵한 건장한 사내들이어야 정상이라고 생각했다. 하지만 지금 토마스 레이얼의 눈에 보이는 사람들은 혈액암을 앓고 있던 당시의 자신보다 훨씬 나이가 많이 들어 보이는, 그야말로 거동조차 불편할 것 같은 모습의 노인들의 모습이었다. 한서영이 힐끗 김동하가 빠져 나간 거실의 입구를 바라보다가 입을 열었다.

"동하, 아니 닥터김이 이자들의 천명을 회수한 거예요."

토마스 레이얼의 얼굴이 굳어졌다.

"천명을 회수했다는 게 무슨 뜻입니까?"

한서영이 토마스 레이얼 회장의 얼굴을 빤히 바라보며 입을 열었다.

"회장님과 안젤리나 부인에게 천명의 권능을 이용해 다시 젊음을 돌려드린 것처럼 닥터김은 이미 가지고 있는 천명을 다시 돌려받을 수도 있어요. 이자들은 자신들의 잘못된 삶을 살아온 대가로 그 천명을 닥터김에게 회수당한 거죠. 아마 이제 이자들에게 남은 천명은 얼마 되지 않을 거예요. 모두가 이자들이 지금까지 저질러온 죄의 대가로 치러진 거니 억울해 하지도 못할 겁니다."

"세상에……."

토마스 레이얼 회장의 얼굴이 하얗게 굳어졌다.

안젤리나도 놀란 얼굴로 바닥에 쓰러진 다섯 명의 노인으로 변한 사내들을 바라보고 있었다.

한서영의 말이 사실이라면 김동하는 신의 권능을 가진 말 그대로 신의 대리인이라는 것을 새삼 절감했다.

만약 남편과 자신이 세상을 잘못 살아왔다면 어느 한순간 자신들도 김동하에게 천명을 회수당할 수도 있었다는 것이 그제야 알게 되었다.

클린트 루먼은 원래의 목표였던 토마스 레이얼 회장이 나타나자 눈알만 뒤룩뒤룩 굴리고 있었다.

아직도 그는 자신의 팔이 김동하에게 잘려나간 것을 자

각하지 못하고 있었다. 금제를 당한 탓으로 인해 머리를 숙일 수 없었기에 자신의 팔을 확인하지 못한 것이다.

더구나 몸의 감각이 모두 사라진 상태였기에 팔이 잘려 나간 통증도 느끼지 못하고 있는 상황이었다.

팔이 잘린 채 몸을 움직이지 못하고 서 있는 클린트 루먼의 모습은 그를 바라보는 사람들에겐 너무나 참혹하지만 기묘했다.

"저 사람은 왜 저렇게 서 있는 겁니까? 팔은 왜 저렇게 된 것이고요?"

토마스 레이얼의 시선이 한서영을 향했다.

한서영이 입을 열었다.

"닥터김이 이 사람을 움직이지 못하게 만들었어요. 저 사람의 팔도 닥터김이 저렇게 만든 것이고요."

한서영의 말에 토마스 레이얼이 이마를 찌푸렸다.

"참혹하군요."

"총으로 사람을 쏘려고 해서 닥터김이 아예 저자의 팔을 잘라버린 거예요."

한서영이 리볼버가 그대로 쥐어진 채 피로 흥건한 바닥에 떨어져 있는 클린트 루먼의 팔을 힐끗 보았다. 한서영의 말을 들은 클린트 루먼의 얼굴이 하얗게 변했다.

"으…음. 끄극."

클린트 루먼은 자신의 팔이 잘렸다는 것에 기겁을 하며

머리를 숙여 확인을 해보려 했지만 전혀 몸은 움직이지 않았다.

"끄그극."

클린트 루먼은 자신의 팔이 잘렸다는 것이 실감이 나지 않았다. 하지만 자신을 바라보는 토마스 레이얼 회장과 한서영의 얼굴에서 자신의 팔이 잘렸다는 것이 거짓이 아니라는 것을 절감하고 있었다.

한순간에 클린트 루먼의 얼굴이 땀으로 뒤덮였다.

그제야 아까 김동하가 자신의 목을 손가락으로 찌르고 난 후에 무언가 잘려나가는 소리를 들었던 것이 생각났다. 그게 자신의 팔이 잘리는 소리였고 잘린 팔이 자신의 구두 위에 떨어진 소리가 들렸던 것도 머릿속에 떠올랐다.

"끄흐흐흐흐."

클린트 루먼은 자신이 이렇게 비참한 상황에 처하게 된 것이 믿어지지 않았다. 더구나 자신의 눈앞에서 부하들이 모두 노인의 모습으로 변해버렸다. 믿어지지 않는 장면을 본 것은 그 어떤 공포영화보다 더한 공포를 안겨주었다. 토마스 레이얼이 입에서 기묘한 비명을 흘리고 있는 클린트 루먼을 보며 입을 열었다.

"그런데 왜 이자는 그 천명이라는 것을 회수하지 않은 것입니까?"

한서영이 대답했다.

"닥터김이 아마 이 사람에게는 더 심한 벌을 내릴 것 같아요. 천명의 회수만으로 끝나지 않을 거라고 했으니까요."

"이자가 오늘 이 저택에 침입한 자들의 우두머리인 모양이군요?"

한서영이 머리를 끄덕였다.

"그런 것 같아요. 그래서 아마 이 사람에게 중요한 것을 물어보고 나서 닥터김이 손을 쓸 것 같습니다."

"허허 킹덤이라는 조직은 이곳 뉴욕에서도 모르는 사람이 없을 정도로 악명 높은 갱조직인데… 그런 갱조직이 무슨 일로 내 집을 몰래 숨어 들어와 이런 변을 당하는지 모르겠군."

한서영이 눈을 깜박이며 입을 열었다.

"닥터김의 말로는 짐작이 가는 일이 있다고 했어요."

"그, 그래요?"

토마스 레이얼 회장은 자신의 조카인 듀크 레이얼의 사주를 받은 킹덤의 마이클 할버레인의 지시로 자신을 죽이기 위해 찾아온 사람들이라곤 전혀 생각하지 못했다.

그때였다.

"토마스, 나 구역질 날 것 같아요. 제발 이것 좀 치워줘요."

토마스 레이얼의 아내인 안젤리나가 창백한 얼굴로 난장

판으로 변해버린 거실과 바닥에 쓰러져 정신을 잃고 있는 다섯 명의 노인을 비롯해 피투성이로 변한 채 바닥에서 신음을 흘리며 힘겹게 버둥거리고 있는 두 사내를 바라보며 머리를 흔들었다.

토마스 레이얼이 전쟁터처럼 폐허를 방불케 만드는 거실의 모습을 둘러보았다. 그 역시 지금의 참혹한 현장이 비위에 거슬리는 것은 사실이었다.

"피터, 여길 좀 정리를 해야 할 것 같네."

토마스 레이얼의 말에 집사인 피터 에반스가 입을 열었다.

"닥터김이 돌아오시면 제가 별채로 가서 사람들을 데려오겠습니다."

피터 에반스는 자신 혼자의 힘으로는 난장판이 되어버린 거실을 치울 엄두가 나지 않았다.

바닥에 흥건하게 고여 있는 피를 닦아내는 것만 해도 혼자서 처리한다면 하루가 빠듯하게 걸릴 정도로 엉망으로 변해 있는 거실의 모습이었다.

안젤리나가 끼어들었다.

"그냥 저 사람들만 보이지 않는 곳으로 치워줘요 피터."

팔을 잃은 채 기묘한 신음만 흘리는 클린트 루먼과 혼자서는 일어서지도 못할 정도로 괴팍한 모습으로 늙어버린 사내들. 또한 김동하에게 당해서 벌레처럼 바닥을 버둥거

리고 있는 에릭마쉬와 존 잭슨. 안젤리나는 그들의 모습이 마치 벌레를 보는 듯 끔찍하다고 생각했다.

"알겠습니다."

대답을 마친 피터 에반스가 들고 있던 엽총을 내려놓고 기묘한 모습으로 서 있는 클린트 루먼의 앞으로 다가왔다. 저택의 관리를 총괄하는 집사의 신분이지만 이런 상황은 처음인 피터 에반스도 약간 당황했다.

피터 에반스가 팔이 잘린 채 서 있는 클린트 루먼을 바라보며 어금니를 깨물었다.

저택의 식구가 아닌 다른 누군가에게 손을 대는 것은 피터 에반스 집사로서도 난감한 일이 틀림없었다.

다행인 것은 팔이 잘린 클린트 루먼이었지만 잘린 팔 부위에서 더 이상 피가 흘러나오지 않는다는 점이었다.

피터 에반스가 힐끗 클린트 루먼의 얼굴을 바라보며 입을 열었다.

"마님이 당신이 여기 서 있는 것을 불편해 하니 다른 곳으로 옮길 것이오. 당신 스스로 움직이면 좋겠지만 움직이지 못한다고 하니 어쩔 수가 없어 당신을 안고 옮길 겁니다."

피터 에반스의 말에 클린트 루먼이 눈을 질끈 감았다.

이제는 아예 스스로 움직이는 것을 체념한 클린트 루먼이었다. 그때였다.

"그럴 필요 없습니다. 그자들은 제 발로 여길 나가게 될 테니까요."

거실의 입구 쪽에서 들려오는 낭랑한 목소리였다.

김동하가 별채에서 돌아온 것이다.

김동하의 앞에는 하얗게 질린 얼굴의 금발의 사내 한 명이 눈을 치켜뜨고 서 있었다. 마지막까지 별채에 남아 있던 킹덤의 조직원 게릿 주피거라는 사내였다.

게릿 주피거는 김동하에게 덜미를 잡혀 거실로 들어서다 거실의 한복판에 벌어져 있는 상황을 보며 입을 쩍 벌렸다. 제일 먼저 들어온 것은 킹덤의 이인자라고 자부하고 있는 매그넘의 클린트라는 별명을 가진 클린트 루먼이었다.

팔이 잘린 채 마치 동물원의 원숭이가 된 듯 사람들에게 둘러싸여 구경거리가 되어 있는 그 모습은 지금까지 킹덤에서 나름 보스인 마이클 할버레인과 비교가 되는 카리스마를 가졌다고 인정받았던 클린트 루먼과는 너무나 다른 초라한 모습이었다.

또한 가끔은 킹덤의 도살자라는 별명으로도 불렸던 거구의 존 잭슨과 키다리 살인마라는 별명을 가진 에릭마쉬까지 너무나 비참한 모습으로 바닥에서 끙끙거리는 모습을 보자 저절로 다리가 떨려왔다.

한 가지 이상한 것은 자신은 본 적이 없는 노인들이 바닥

에 쓰러져 있다는 것이다.

그것은 게릿 주피거에게 기묘한 느낌을 안겨주었다.

그때 한서영이 김동하에게 달려왔다.

"동하야."

한서영으로서는 단 몇 분 정도 김동하와 떨어져 있었지만 그 몇 분이 그녀의 인생에서 가장 긴 시간이라는 생각이 들었을 정도로 돌아온 김동하가 반가웠다.

김동하가 살짝 웃으며 한서영을 안았다.

"훗, 걱정할 필요 없다고 했잖아요."

한서영이 머리를 흔들었다.

"어린아이 같다고 놀려도 어쩔 수 없어. 동하가 곁에 없으니 불안해. 여기가 한국도 아니고……."

김동하가 머리를 끄덕였다.

"알았습니다. 이젠 누님을 불안하게 만들 일이 없을 겁니다."

김동하가 시선을 돌려 별채에서 데려온 게릿 주피거를 바라보았다.

"저쪽으로 가."

김동하의 말에 마치 말 잘 듣는 아이처럼 게릿 주피거가 움직였다.

그 뒤를 따라 김동하와 한서영이 발걸음을 옮겼다.

게릿 주피거는 갑자기 별채에 나타난 김동하가 자신의

총과 칼을 맨손으로 비스킷처럼 부숴버리던 광경을 머리에 떠올렸다. 쇠로 만들어진 총과 강철대검이 김동하의 손에서 모래처럼 가루가 되어 흘러내리던 장면은 게릿 주피거에게는 너무나 끔찍한 악몽이었다.

믿어지지 않는 김동하의 괴력에 항거할 생각은 꿈도 꾸지 못할 정도였다.

더구나 자신의 앞에 서 있다가 눈 깜빡할 사이에 자신의 등 뒤로 돌아가 있는 김동하는 게릿 주피거가 어릴 때 할머니에게 들었던 꿈속에 나타나 사람의 생명을 앗아간다는 몽마(夢魔)의 재림과 같은 공포를 안겨주었다.

게릿 주피거가 발걸음을 옮기다 바닥에 쓰러져 있는 다섯 명의 노인을 힐끗 내려다보았다.

처음 보는 노인이었지만 복장이 왠지 익숙했다.

"……?"

다섯 명의 노인들 얼굴을 힐끗 보다 스쳐가는 순간, 등 뒤에서 걸어오던 김동하가 바닥에 쓰러진 노인들의 몸을 가볍게 걷어찼다.

"일어나. 이곳에서 당신들의 잠을 재워주기 위해 천명을 빼앗은 게 아니니까."

툭툭툭.

김동하가 정신을 잃은 듯 눈을 감고 있던 다섯 명의 노인들을 가볍게 걷어차자 깊은 잠에 빠져 있던 것 같았던 노

인들이 눈을 떴다.

"끄응."

"끙."

김동하의 발길질이 닿은 곳은 사람의 머리를 맑게 만드는 머리 뒤쪽에 위치한 뇌호혈이었다.

뇌호혈은 정신을 잃게도 만들지만 정신을 잃은 사람을 다시 각성하게 만드는 중요한 생사혈이었다.

사람을 살릴 때는 생혈이 되고 죽일 때는 사혈이 되는 중요한 맥혈이 바로 뇌호혈이다. 그곳에 충격을 주어 천명을 회수당한 사내들을 다시 깨우는 김동하였다.

노인의 모습으로 변한 사내들이 힘겹게 눈을 뜨고 몸을 일으켰다.

김동하가 피터 에반스 집사를 바라보며 입을 열었다.

"이자들을 시켜 거실을 치우게 하시면 됩니다. 천명을 대부분 잃었지만 거실을 치울 정도의 기력은 남아 있을 것이니 충분할 겁니다."

김동하의 말에 피터 에반스가 대답했다.

"아, 알겠습니다."

피터 에반스는 김동하가 별채에서 돌아오자 마치 천하무적의 지원군이 도착한 듯 마음이 안정되었다.

김동하가 게릿 주피거를 바라보며 입을 열었다.

"당신도 이 꼴이 되고 싶지 않으면 고분고분하게 거실을 청소하는 것을 돕도록 해."

게릿 주피거가 눈을 동그랗게 떴다.

"이 분들이 누구신데……."

게릿 주피거는 천명을 회수당한 채 노인으로 변해 있는
자신의 동료를 전혀 알아보지 못했다.

그의 눈에 익숙한 사람은 팔이 잘린 채 기묘한 모습으로
서 있는 클린트 루먼과 피투성이로 변한 채 바닥에서 꿈틀
거리고 있는 에릭마쉬와 존 잭슨일 뿐이었다.

김동하가 피식 웃었다.

"천명을 뺏겼다고 동료를 알아보지 못하다니 평소에 그
다지 친한 사이는 아닌 모양이군."

"예?"

그때 바닥에서 힘겹게 일어서고 있던 노인이 게릿 주피
거를 보며 입을 열었다.

"게, 게릿, 말대꾸 하지 말고 그분의 말을 들어. 나 케빈
이야."

"헉, 뭐라고? 당신이 케빈이라고?"

게릿 주피거는 자신의 입으로 심장이 튀어나올 것처럼
놀랐다. 불과 몇 분 전 통신이 되지 않아 본채로 찾아갔던
동료 케빈 와이젝이 한순간에 노인의 모습으로 변한 것이
믿어지지 않았다.

케빈 와이젝이 힘겹게 입을 열었다.

"나만 그런 게 아니야, 브랜드와 윌리엄 그리고 클레이
튼 대장도 나와 같은 처지야."

"세상에……."

덜덜…….

게릿 주피거가 하얗게 질린 얼굴로 몸을 일으키는 노인
들을 바라보았다.

그러고 보니 늙어버리긴 했지만 자신이 익히 알고 있던
얼굴들이 주름으로 가득한 얼굴들 사이에서 느껴졌다.

김동하가 입을 열었다.

"당신도 이렇게 되기 싫다면 알아서 움직여야 할 거야.
도망을 치고 싶다면 그렇게 해도 좋아. 단 나보다 당신이
빠를 자신이 있다면. 그렇게 하는 것도 좋겠지만 그런 자
신이 없다면 시도하지 않는 게 좋겠지. 원한다면 당신도
저 모습으로 만들어 줄 수 있어. 언제든지 말이야."

김동하의 말은 나직했지만 게릿 주피거의 귀에는 그야말
로 지옥의 마귀가 속삭이는 듯 소름이 돋을 정도로 끔찍했
다.

"아, 알겠습니다."

김동하가 게릿 주피거에게서 천명을 빼앗지 않은 것은
게릿 주피거가 다른 사내들보다는 악행의 기운이 덜했고
무턱대고 총을 쏘지도 않았기 때문이다.

또한 이들을 데리고 킹덤으로 돌아가게 만들 사람이 필

요했기에 남겨두기로 한 것이다.

김동하의 내심을 게릿 주피거가 알았다면 아마 김동하에게 천 번이고 만 번이고 엎드려 절을 해도 모자랄 은혜를 베풀어 준 셈이 되었다. 노인으로 변한 사내들이 일어서자 김동하는 피투성이가 되어 바닥에 버둥거리고 있는 에릭마쉬와 존 잭슨을 향해 걸어갔다.

김동하에게 총을 든 오른팔이 잘리고 두 다리의 관절이 부서진 에릭마쉬와 역시 오른팔이 잘리고 김동하에게 덤벼들다 입과 두 다리까지 모두 잃은 존 잭슨이 고통으로 신음했다. 그러다 김동하가 자신들을 향해 다가오자 기괴한 비명을 지르며 버둥거렸다.

마치 악마가 자신들을 향해 다가오는 듯한 공포를 느끼며 조금이라도 김동하에게서 멀리 떨어지고 싶은 심정이었다. 에릭마쉬는 김동하를 향해 총을 쏘았던 자신의 행동을 너무나 후회하고 있었다.

존 잭슨 역시 마찬가지였다. 그로서는 자신의 완력을 믿고 김동하에게 달려들었던 것을 너무나 끔찍하게 후회했다. 비록 자신의 능력을 과신하다 한 팔이 잘리긴 했지만 김동하의 수중에서 벗어날 수 있을 때 벗어났다면 지금과 같은 비참한 상황은 면했을 것이라고 생각한 존 잭슨이었다.

"어허허허."

"끄허흐흐."

두 사내가 기괴한 모습으로 버둥거리자 그들을 내려다보던 김동하의 미간이 살짝 찌푸려졌다.

"당신들에겐 이런 호의조차 아깝긴 하지만 당신들로 인해 다른 사람들이 피곤해질 것 같아 베풀어 주는 선처야."

김동하의 손이 완전히 망가진 그들의 상처부위를 살짝 만졌다. 한쪽으로 머리를 돌린 김동하가 살짝 자신의 손에 천명의 기운을 불어냈다.

한순간 김동하의 손에 푸른빛이 고였다.

천명의 기운이 손에 차오르자 김동하가 허리를 숙여 버둥거리는 두 사람의 상처부위에 살짝 흘려 넣었다.

순간 에릭마쉬와 존 잭슨은 자신들을 그토록 괴롭히던 상처의 고통이 너무나 신비롭게 사라지는 것을 느꼈다.

김동하가 몸을 일으켰다.

"이제 당신들도 당신들이 이렇게 만든 이곳을 치우는 것을 돕도록 해. 싫다면 하지 않아도 좋아. 대신 당신들이 느끼던 그 고통을 다시 겪는 것은 각오해야 할 거야."

에릭마쉬와 존 잭슨은 비록 두 다리와 한쪽 팔은 쓸 수가 없지만 몸을 움직이는 것에 전혀 고통이 없다는 것이 너무나 신기했다.

더구나 김동하에게 달려들다 입이 귀 옆쪽까지 찢어져 비명을 지를 때마다 피가 튀던 존 잭슨은 자신의 얼굴 상처가 말끔하게 아물어진 것을 느꼈다.

비록 징그러운 흉터는 남았지만 말을 하거나 숨을 쉬는 것은 전혀 거북한 느낌이 아니었다.

"이, 이게……."

"어떻게……."

김동하의 단 한 번의 손길로 그토록 극악하던 상처의 아픔이 사라진 것이 너무나 놀라웠다.

에릭마쉬와 존 잭슨이 김동하를 올려다보았다.

그들의 얼굴에 떠올라 있는 것은 이제 두려움이나 공포가 아닌 마치 신을 대면하는 듯한 경외심이 가득한 표정이었다. 김동하가 나직하게 입을 열었다.

"당신들이 지은 죄의 값으로 평생 그 모습으로 살아야 하지만 그건 당신들 스스로가 만들어 놓은 업보의 대가라고 생각해. 나쁜 짓을 더 하고 싶다면 해도 좋아. 하지만 그 대가는 지금보다 더 참혹하게 치러질 것을 각오해야 할 거야."

냉정하게 말하는 김동하의 눈빛은 얼음처럼 차가웠다.

말을 마친 김동하가 몸을 돌렸다.

에릭마쉬와 존 잭슨은 등을 돌리고 걸어가는 김동하를 보며 자신들이 신을 만난 것이라 생각했다.

그때 집사 피터 에반스가 거실을 치울 청소도구를 한 아름 안고 거실로 돌아왔다.

피를 닦아낼 걸레와 물을 담을 수 있는 바케스를 비롯해 청소기 등 피터 에반스 집사가 가져온 청소도구는 클린트 루먼을 제외한 8명의 사내들이 청소에 사용하기에 충분할 정도로 많았다. 에릭마쉬와 존 잭슨의 상처를 치료한 김동하는 거실의 중간 쪽에 어정쩡한 자세로 서 있는 클린트 루먼의 앞으로 걸어갔다.

　클린트 루먼은 몸을 움직이지 못한 채 눈만 껌벅이며 김동하가 자신에게 다가오는 것을 바라보고 있었다.

　클린트 루먼의 얼굴은 땀으로 범벅이 되어 있었다.

　김동하가 클린트 루먼의 앞에 멈춰 섰다.

　"당신에겐 당신의 부하들처럼 단순하게 천명만 회수하는 것으로 끝내지 않을 것이라고 했지. 기억하나?"

　"끄끅."

　또다시 몸을 버둥거렸지만 그의 몸은 요지부동이었다.

　말조차 할 수 없는 클린트 루먼이다.

　그때 토마스 레이얼 회장이 다가왔다.

　"이자를 어떻게 처리할 생각이십니까? 이자들이 킹덤이라는 갱조직의 일원이라면 보통 일이 아닐 겁니다. 닥터김뿐만 아니라 닥터한까지 위험할 수가 있습니다."

　토마스 레이얼의 얼굴은 딱딱하게 굳어 있었다.

　무슨 이유에서인지 모르지만 이번 일에 킹덤이라는 할렘의 갱조직이 개입되어 있다면 아무리 신의 능력을 가진 김동하라고 해도 결코 무사하지 못할 것이라고 생각했다.

총을 마음대로 사용할 수 있는 미국인 만큼 몇 백 미터나 떨어진 곳에서 저격용 총으로 김동하와 한서영을 노린다면 영문도 모르고 목숨을 잃을 수 있다.

자신의 몸속에 신의 능력을 가지고 있다고 하지만 그런 김동하라도 정작 자신이 당할 경우는 신의 능력을 펼칠 수 없을 것이라고 생각한 것이다. 김동하가 담담한 표정으로 토마스 레이얼 회장을 바라보았다.

"킹덤이라는 조직을 아십니까?"

토마스 레이얼이 머리를 흔들었다.

"내가 킹덤이라는 갱조직을 어떻게 알겠습니까? 다만 이곳 뉴욕과 뉴저지 일대를 비롯해서 미 전역에서도 잔혹하고 대담하기로 소문이 난 갱조직이 바로 킹덤입니다. 사람을 죽이는데 눈 하나 깜박하지 않고 죽인다고 들었습니다. 소문으로는 킹덤의 배후에는 미국의 유력정치권도 연관이 되어 있고 부패한 경찰들도 끼어 있다고 합니다."

김동하가 차분한 어조로 입을 열었다.

"좋은 조직은 아니군요. 킹덤이라는 의미가 그런 사악한 자들의 왕국을 포장한 의미라는 생각이 듭니다."

"어떻게 하실 생각이십니까? 날이 밝는 대로 한국으로 돌아가시겠다면 제가 돕겠습니다."

토마스 레이얼은 자신의 생명을 살려준 김동하와 한서영

이 봉변을 당하는 것이 걱정되었다.

킹덤의 마수를 벗어나기 위해서는 당장에 한국으로 돌아가는 것이 최선의 선택이라고 생각했다.

그렇다고 해도 킹덤이 포기할 것인지는 모를 일이었다.

킹덤 같이 조직의 권위를 중요하게 생각하는 갱조직이라면 김동하와 한서영이 한국으로 돌아가더라도 반드시 쫓아가서 앙갚음을 하고도 남을 일이었다.

김동하가 머리를 흔들었다.

"돌아가지 않을 겁니다."

김동하가 돌아가지 않겠다고 하자 정작 놀란 것은 한서영이었다.

"돌아가지 않겠다고? 어쩔 셈이야?"

한서영은 김동하가 위험에 처하는 상황을 더는 보고 싶지 않았다. 아까 저택을 침입한 자들의 총에 맞아 얼굴에서 피를 흘리던 김동하를 보던 순간 한서영은 하늘이 무너지는 것 같은 충격을 받았다. 또다시 그런 일이 벌어진다면 한서영은 견딜 자신이 없었다.

김동하가 나직하게 입을 열었다.

"킹덤이라는 곳을 찾아갈 생각입니다."

"뭐?"

한서영의 눈이 화등잔만큼 커졌다. 토마스 레이얼 회장도 놀란 얼굴로 김동하를 바라보았다.

김동하가 한서영의 손을 잡으면서 입을 열었다.

"죄도 없는 사람을 아무런 이유도 없이 죽이려 하는 자들이 모여 있는 곳입니다. 하늘이 저에게 신의 능력을 주셨다면 그런 자들이 이 세상에서 죄업을 쌓는 것을 막으라는 의미일 겁니다. 그게 한국이든 미국이든 상관이 없이 말입니다."

한서영이 급하게 입을 열었다.

"그러다 또 다치면 어떡하려고?"

한서영은 이 세상에서 그 무엇보다 김동하의 안위가 중요했다. 김동하가 대답했다.

"아까 얼굴을 조금 다친 것은 제가 이자들에 대해서 모르고 있었기에 방심해서 당했던 것일 뿐, 지금은 상황이 다릅니다."

"난 싫어. 당장이라도 한국으로 돌아가고 싶어."

김동하가 싱긋 웃었다.

"우리가 돌아가면 토마스 회장님이 그자들의 손에 당할 겁니다."

"뭐?"

한서영의 입이 벌어졌다.

김동하가 다시 입을 열었다.

"이자들은 처음부터 토마스 회장님을 노리고 이곳을 찾아온 것입니다. 누님과 나는 그 이후 이들의 표적이었습니

다. 특히 누님이 주요 표적이었지요."

김동하는 마치 모든 것을 다 알고 있다는 듯이 말하고 있었다. 한서영이 눈을 깜박였다.

"그걸 동하가 어떻게 알아?"

김동하가 차분한 어조로 입을 열었다.

"처음 이자들이 거실로 들어오기 직전에 했던 말을 듣고 유추한 것입니다."

한서영에게 설명한 김동하가 힐끗 클린트 루먼을 바라보았다. 클린트 루먼과 그 일행들이 거실로 들어서기 전 경보기가 꺼진 상황에서 클린트 루먼이 클레이튼 위티드에게 지시한 말을 김동하가 모두 들었다.

그 때문에 표적에 토마스 레이얼 회장과 자신과 한서영도 포함되어 있다는 것을 깨달았다.

'약속된 대로 넌 안으로 들어가는 즉시 보스가 말한 그 한국에서 왔다는 의사계집과 사내놈을 잡아서 확보해. 반항하면 사내놈은 거칠게 다뤄도 좋지만 계집은 온전히 보스께 데려가야 한다는 것도 잊지 말고.'

거실로 들어서기 전 클린트 루먼이 지시를 내렸던 말이었다. 그 말속에 모든 의미가 포함되어 있었기에 김동하가 클린트 루먼에게 묻는 것을 포기한 것이다.

한서영이 급하게 물었다.

"저자들이 나를 왜 노려?"

김동하가 한서영을 빤히 바라보며 입을 열었다.

"누님과 제가 한국에서 온 의사라는 것을 아는 사람이 누구일까요?"

김동하의 눈이 반짝이고 있었다.

한서영의 얼굴이 핼쑥해지고 있었다.

"그건……."

"나와 누님의 존재를 알고 있는 것은 몇 명뿐이지요. 나와 누님이 토마스 회장님을 살려낸 것을 보았던 사람들입니다."

"아……."

"그리고 그것을 보았던 사람들 중에서 나와 누님에 대한 정보를 그 킹덤이라는 곳에 알려줄 사람을 생각해 보면 이일의 배후에 대해서 짐작을 할 수가 있을 겁니다."

"세상에."

"저자들의 말로는 누님을 반드시 보스라는 자에게 온전히 데려가야 한다고 했는데, 그것은 그들에게 이미 누님에 관한 상세한 정보가 들어갔다는 의미입니다."

김동하의 눈빛이 초롱초롱해졌다.

한서영의 얼굴이 창백해졌다.

그냥 단순하게 레이얼가의 저택에 감추어진 금품을 노린

갱단의 침입이라고 생각했던 자신이 너무나 단순했다는 생각이 들었다.

한서영과 김동하의 대화는 한국어였기에 토마스 레이얼 회장과 몸이 굳은 채 듣고 있는 클린트 루먼은 두 사람이 무슨 대화를 하는지 알 수가 없었다.

다만 토마스 레이얼 회장은 김동하와 한서영의 대화 속에 자신의 이름이 몇 번 들어갔기에 의혹에 가득한 시선으로 두 사람을 바라보고 있었다.

한서영이 딱딱하게 굳은 얼굴로 입을 열었다.

"나와 동하에 대해서 이런 자들에게 정보를 넘겨줄 사람이라면 오직 두 명뿐이야. 토마스 회장님의 동생인 로빈 레이얼과 그의 아들인 듀크 레이얼 중 한 명이겠지."

김동하가 싱긋 웃었다.

"저도 그렇게 생각했습니다. 지독한 이기심과 물욕으로 가득한 심성을 가진 자들이었으니 토마스 회장님이 다시 살아나자 자신들이 가져야 할 것을 잃었다고 생각했겠지요. 애초부터 자신들의 것이 아니었지만 회장님이 임종 직전의 상황까지 도달하자 마치 자신들의 것으로 착각한 것일 겁니다. 그래서 그 잃어버린 것을 다시 되찾기 위해 아마 킹덤이라 불리는 이자들과 결탁을 한 것 같습니다. 그것과 동시에 저와 누님의 정보도 그자들에게 넘겨주었으니 아마 그 보스라는 자가 누님과 저의 능력을 확인해 보려 한 것이겠지요."

김동하의 설명에 한서영의 눈빛이 매섭게 변했다.

김동하의 말대로 자신과 김동하가 한국으로 돌아가면 토마스 레이얼 회장만 당하게 될 것임을 본능적으로 알아차린 것이다.

토마스 레이얼이 한국어로 대화를 하는 두 사람을 보며 참지 못하고 물었다.

"두 분 무슨 대화를 하시는 것인지 물어도 되겠습니까?"

김동하가 토마스 레이얼 회장을 바라보는 순간 한서영이 입을 열었다.

"이 사람들이 왜 회장님의 저택으로 침입한 것인지 대화를 한 거예요."

토마스 레이얼이 눈을 깜박이며 되물었다.

"그 이유를 아십니까?"

"토마스 회장님이 혈액암을 완치하고 다시 살아나면서 가장 많은 것을 잃은 사람이 누구일까요?"

"그건……."

토마스 레이얼의 미간이 좁혀졌다.

차마 입으로 누구라는 말이 흘러나오지 않았다.

한서영이 단호한 얼굴로 입을 열었다.

"회장님께서 다시 살아나심으로 인해 많은 것을 잃은 사람은 회장님의 동생이신 로빈 레이얼 부회장과 그의 아들

인 듀크 레이얼이에요. 그 두 명 중 한 명이 킹덤이라는 조직에 사주해 회장님을 제거하려 한 것이에요."

토마스 레이얼 회장이 창백한 얼굴로 물었다.

"그, 그게 사실입니까?"

한서영이 대답했다.

"그날 회장님이 다시 살아나게 되신 것을 이 자리에서 지켜본 사람들 중 킹덤이라는 갱조직과 연관될 수 있을 만한 사람은 오직 회장님의 동생분과 조카예요. 그리고 그런 회장님을 살려낸 닥터김과 저에 관한 정보도 킹덤에 넘겼고요."

"어떻게 이런 일이… 그게 확실한 것입니까?"

토마스 레이얼 회장의 목소리에는 힘이 빠져 있었다.

다른 사람도 아닌 동생과 조카가 갱조직에 사주해 자신을 노렸다는 것이 믿어지지 않았다.

하지만 자신이 암 투병 중이었을 때 아내와 딸에게 한 행태를 비롯해 레이얼 시스템을 매각까지 하려 한 것을 생각해보면 충분히 그럴 수도 있다고 생각했다.

"정확한 것은 아니지만 이자들이 한 말을 근거로 닥터김이 유추해낸 것이에요. 자세한 것은 직접 이자들의 입을 통해 듣는 것이 좋을 것 같네요."

한서영의 시선이 기묘한 자세로 서 있는 클린트 루먼을 바라보았다. 토마스 레이얼 회장의 시선도 클린트 루먼의 얼굴로 향했다.

토마스 레이얼이 떨리는 목소리로 물었다.

"저, 정말 당신들이 로빈이나 듀크의 사주를 받고 나를 해치기 위해 여기를 침입한 것이오?"

토마스 레이얼의 얼굴은 하얗게 질려 있었다.

클린트 루먼의 얼굴이 시뻘겋게 달아올랐다.

"읍, 읍… 끄으응."

클린트 루먼은 토마스 레이얼 회장이 듀크 레이얼을 언급하자 몸을 비틀려고 했지만 여전히 움직이지 않았다.

그때 김동하가 클린트 루먼의 목 아래에 눌러놓은 금제를 풀었다.

쿡.

순간 클린트 루먼은 자신의 오른팔에서 격심한 통증이 밀려오는 것을 느끼며 비명을 질렀다.

"끄아아악!"

지금까지는 온몸의 감각을 전혀 느낄 수 없었던 그가 이제야 감각이 돌아오자 제일 먼저 느낀 것이 잘린 팔의 통증이었다. 김동하가 미간을 좁혔다.

"이제야 고통을 느끼는 모양이군? 하지만 조용히 해야 할 거야. 더 소리를 지른다면 다른 팔도 잘라주지."

김동하의 말에 클린트 루먼이 어금니를 깨물며 머리를 숙였다.

"끄흐흐흐 내 팔이… 내 팔이…….."

이제야 몸을 움직일 수 있는 클린트 루먼은 자신이 발아래 마치 생선토막처럼 떨어져 있는 자신의 오른팔을 바라보았다. 핏기를 잃은 그의 오른팔에는 아직도 은제의 리볼버가 그대로 쥐어져 있었다.

막상 자신의 팔이 잘려나간 것을 보자 그제야 머릿속이 하얗게 비워지며 절망감이 몰려왔다.

김동하가 나직하게 입을 열었다.

"기회는 두 번 주지 않을 것이니 잘 대답해야 할 거야. 당신에 대한 단죄는 아직 끝나지 않았다는 것도 잊지 말아야 할 것이고."

얼음처럼 서늘한 김동하의 목소리였다. 클린트 루먼은 팔의 통증을 억지로 참으며 하나 남은 왼손으로 오른팔의 잘려진 부위를 감싸고 머리를 숙이고 있었다.

김동하가 물었다.

"방금 토마스 회장님이 물었던 대답을 듣고 싶군. 킹텀에 토마스 회장님을 해치고 우리를 데려오라고 의뢰한 것인지 말해주겠나?"

클린트 루먼의 얼굴에서 굵은 땀방울이 흘러서 바닥으로 떨어졌다.

클린트 루먼이 머리를 들어 김동하를 바라보았다.

"말을 해 주면 날 살려주겠소?"

김동하가 싸늘하게 웃었다.

"애초부터 당신을 죽인다는 말은 하지 않았어. 다만 당신에 대한 단죄가 이것만으로 끝나지 않았다고만 했을 뿐이지."

김동하의 나직한 말에 클린트 루먼이 입술을 깨물었다.

"날 저렇게 만들지 않겠다는 약속만 해준다면 모두 말해주겠소."

클린트 루먼이 하얗게 쉰 머리로 힘들게 난장판이 된 거실을 치우고 있는 킹덤의 부하들을 바라보았다.

김동하가 힐끗 천명을 회수한 사내들을 바라보았다.

이내 김동하의 시선이 클린트 루먼을 바라보았다.

"천명을 회수당하기 싫단 말인가?"

클린트 루먼이 물었다.

"천명이 무엇이오?"

김동하가 담담한 얼굴로 대답했다.

"하늘이 당신을 이 세상에 태어나게 만든 이후 당신에게 주어진 삶의 시간이지. 다른 말로 하면 수명이라고 하는데 그것을 회수당하면 저렇게 되지. 아마 저들에게 남은 천명의 기한은 많지 않을 거야."

김동하의 설명에 클린트 루먼의 얼굴이 창백하게 변했다.

"나, 난 저렇게 되고 싶지 않소."

클린트 루먼은 절대로 김동하에게 천명을 회수당하고 싶
지는 않았다. 김동하가 냉정한 얼굴로 클린트 루먼의 얼굴
을 바라보았다.

"그렇다고 해도 당신에겐 달라지는 것은 없을 텐데."

"그것만 약속해 준다면 모두 털어놓겠소."

클린트 루먼은 어떤 대가를 치르더라도 지금은 살고 싶
은 욕심밖에는 없었다. 김동하의 능력을 몰랐던 자신의 아
둔함이 너무나 후회되었다.

애초에 저택으로 침입한 것이 발각되었을 때 물러났다면
지금의 이 상황은 면할 수 있었을 것이라는 생각에 모든
것이 다 후회가 되고 있었다.

김동하가 입을 열었다.

"천명을 회수당하는 것만 피하길 원한다면 그렇게 해주
지. 하지만 그게 오히려 당신에겐 더 참혹한 징벌이 될 수
도 있을 것임을 알아야 할 거야."

"늙지 않게만 해준다면 모든 것을 털어놓겠소."

"약속하지."

김동하가 순순히 약속했다.

순간 클린트 루먼의 얼굴에 희미하게 반색하는 표정이
떠올랐다. 마치 자신은 이제 살았다는 듯한 심정이었다.

클린트 루먼이 입을 열었다.

"며칠 전 우리 킹덤의 마이클 할버레인 보스에게 중요한

일이 있으니 은밀하게 만나자는 연락을 해온 사람이 있었소. 그는 보스의 개인적인 회계사 일을 맡고 있던 자인데, 그자의 이름은 듀크 레이얼이오."

클린트 루먼은 아예 처음부터 김동하를 속일 생각이 없었기에 모든 것을 털어놓았다.

토마스 레이얼 회장은 클린트 루먼의 입에서 조카인 듀크 레이얼의 이름이 흘러나오자 눈을 질끈 감았다. 한서영에게 듣기는 했지만 그럼에도 마음 한쪽에는 설마 하는 마음을 가지고 있었던 토마스 레이얼 회장이었다.

클린트 루먼의 말이 이어졌다.

"애초의 부탁은 듀크 레이얼이 자신의 아버지를 레이얼 시스템의 회장자리에 오를 수 있도록 도와 달라는 부탁이었소. 그러기 위해서는 큰아버지인 토마스 레이얼 회장을 제거해야 한다는 말과 자신의 아버지와 큰아버지인 여기 계신 토마스 레이얼 회장과의 암묵적인 계약조항을 설명해 주었지요. 계약조건에는……."

클린트 루먼의 말이 끝나기도 전에 토마스 레이얼 회장이 창백한 얼굴로 입을 열었다.

"레이얼 시스템의 회장의 신변에 사고나 이상이 있을 경우 레이얼 가문의 정통 직계가 레이얼 시스템의 회장직을 승계한다는 내용이겠군요."

토마스 레이얼 회장은 레이얼 시스템 창업초기에 동생인

로빈 레이얼과 작성했던 특별한 계약조건을 단번에 머리에 떠올렸다.

클린트 루먼이 머리를 끄덕였다.

"그렇습니다. 그 계약조건에는 레이얼 시스템의 회장유고 시 차기 회장직 승계는 오직 레이얼가의 직계후손으로 한정한다고 되어 있다고 하더군요. 그 조건 때문에 토마스 레이얼 회장이 죽게 되면 자동적으로 자신의 아버지가 레이얼 시스템의 회장직을 승계 받을 것이라고 하였지요."

"……."

토마스 레이얼 회장은 창백한 얼굴로 아무 말도 하지 않았다. 클린트 루먼이 말을 이었다.

"하지만 듀크 레이얼은 한 가지 착각한 것이 있었습니다. 바로 킹덤의 보스인 마이클 할버레인의 엄청난 야심을 몰랐던 것이지요. 조직의 보스인 마이클 할버레인은 그저 평범한 은행원출신으로 알았던 듀크 레이얼이 레이얼 시스템을 창업한 레이얼 가문의 후손이라는 것에 충격을 받았지요. 전체 자산만으로도 수천억불의 대기업인 레이얼 시스템이 자신의 개인 회계사인 듀크 레이얼과 관련이 되어 있다는 것만으로 조직의 보스인 마이클 할버레인은 금광을 발견한 느낌이 들었을 겁니다."

말을 마친 클린트 루먼은 잘려진 오른팔의 통증 때문인지 어금니를 깨물며 짧은 신음을 흘렸다.

그것을 본 김동하가 클린트 루먼의 오른팔 잘린 부위의 위쪽을 몇 군데 손가락으로 찔렀다.

　순간 클린트 루먼은 팔에서 느껴지던 지독한 통증이 단번에 사라지는 것을 느꼈다.

　너무나 기묘하고 신기한 수법이었기에 클린트 루먼이 놀란 얼굴로 김동하를 바라보았다.

　김동하가 짧게 입을 열었다.

　"당신의 팔에서 느껴지는 통증을 잊게 만드는 수법이야. 당신의 근맥 몇 곳을 봉쇄해서 팔에서 느껴지는 통증의 감각을 지우는 것이지."

　담담한 말에도 클린트 루먼은 마치 김동하가 신이라도 된 듯 경외감을 가진 시선으로 바라보았다.

　토마스 레이얼 회장이 재촉했다.

　"어서 다음을 말해주시오. 그래서 어떻게 된 것이오?"

　클린트 루먼이 다시 입을 열었다.

　"이미 레이얼 시스템이 세계적으로도 첫 손가락에 꼽힐 정도의 엄청난 규모의 대기업이라는 것을 알고 있는 보스 마이클 할버레인은 듀크 레이얼이 제안한 의뢰를 수락했습니다. 거절할 이유가 없지요. 일이 잘된다면 엄청난 황금덩이를 캘 수가 있는 의뢰였으니 말이지요. 다만 의뢰를 제안한 듀크 레이얼도 보스 마이클 할버레인이 자신도 놀랄 만큼의 엄청난 대가를 요구할 줄은 몰랐다는 것이 문제

였지요."

토마스 레이얼 회장이 물었다.

"그 보스라는 사람이 얼마의 대가를 요구한 것이오?"

클린트 루먼이 눈을 깜박이며 대답했다.

"레이얼 시스템의 총 자산의 10분의 1이었습니다."

"뭐?"

"정확하게 400억불이었습니다."

"세상에."

토마스 레이얼 회장의 입이 쩍 벌어졌다.

400억불이라면 토마스 레이얼 회장도 감당하기 힘든 수준의 엄청난 대가였다.

토마스 레이얼 회장이 손으로 자신의 이마를 짚었다.

미련하고 멍청한 조카 듀크 레이얼이 레이얼 시스템을 가지고 엉뚱한 장난을 친 것이 너무나 한심하게 느껴졌다.

클린트 루먼이 다시 입을 열었다.

"의뢰를 제안한 듀크 레이얼도 놀라더군요. 그 정도의 금액은 자신이 감당할 수준이 아니라고 했습니다. 하지만 그렇다고 물러날 마이클 할버레인이 아니었지요. 한순간에 킹덤이 평생 이루어도 못다 할 엄청난 자금이 자신의 수중에 들어올 제안인데 물러설 사람이 아니었지요. 더구나 듀크 레이얼은 보스인 마이클 할버레인이 얼마나 잔인한 사람인지 너무나 잘 알고 있다는 것이 문제였습니다.

제안은 자신이 했지만 엄청난 보수로 인해 제안을 취소하고 물러설 수도 없고 그대로 진행하는 것도 어려웠지요. 물러선다면 보스를 농락한 대가로 듀크 레이얼이 보스의 손에 죽을 수도 있으니 그로서도 진퇴가 난감한 상황이었을 겁니다. 결국 어쩔 수 없이 보스의 제안을 수락할 수밖에 없었습니다. 그러기 위해서는…….”

여기까지 말한 클린트 루먼이 왼손으로 이마의 땀을 닦아냈다.

팔의 통증은 사라졌지만 흘러나오는 땀은 막아낼 수가 없었다. 땀을 닦은 클린트 루먼이 다시 입을 열었다.

“보스의 요구를 수용하기 위해서는 토마스 레이얼 회장이 제거된 이후 차기로 레이얼 시스템의 회장직을 승계할 사람이 자신의 아버지가 아닌 다른 사람으로 바뀌어야 가능하다고 판단한 듀크 레이얼이었습니다.”

토마스 레이얼 회장의 눈이 동그랗게 변하고 있었다.

“다른 사람이라니? 분명 레이얼 가문의 직계가 아니면 회장직을 승계할 수가 없다고 했는데… 그, 그럼?”

토마스 레이얼 회장의 머릿속에 번개가 치는 느낌이 들었다. 클린트 루먼이 머리를 끄덕였다.

“맞습니다. 듀크 레이얼이 스스로 레이얼 시스템의 차기 회장직을 승계하는 것으로 결정한 것입니다. 그 때문에 토마스 레이얼 회장을 제거한 직후 곧바로 자신의 아버지인

로빈 레이얼도 제거해 달라는 추가 의뢰가 다시 제안되었고 보스는 그것도 수락했습니다. 400억불이라면 신을 죽여 달라고 해도 거절하지 못할 엄청난 돈이라는 것을 보스도 알고 있었으니까요."

"어떻게 이럴 수가… 그 미친놈이 자신의 아버지까지 해치려 하다니……."

그때 한서영이 물었다.

"그럼 우리는 왜 데려가려 한 거예요?"

클린트 루먼이 입을 열었다.

"그것도 듀크 레이얼의 의뢰였습니다. 단순하게 토마스 레이얼 회장을 제거한 직후 한국에서 온 여자의사분과 이분을……."

말을 하던 클린트 루먼이 김동하의 얼굴을 힐끗 보았다. 그의 얼굴에는 살짝 공포심이 떠올라 있었다. 그로서는 너무나 두렵고 무서운 존재가 바로 김동하였다.

〈다음 권에 계속〉

어울림 BOOKS 신인 작가 대모집!

어울림 출판사는 무한한 상상력과 뜨거운 열정을 가진 작가 여러분을 기다리 있습니다.
창작에 대한 열의가 위대한 작품으로 꽃피울 수 있도록 저희 어울림 출판사 여러분의 힘이 돼 드리겠습니다.

지금 도전하십시오!

모집 분야 : 판타지, 역사, 무협, 로맨스 등
모집 대상 : 아마추어, 인터넷 작가등 열정을 가진 모든 작가
모집 기한 : 수시 모집
작품 접수 방법 : 당사 네이버 카페 또는 이메일을 이용해 주십시오.

파일 형식은 제한이 없으나 원활한 원고 검토를 위해 '.HWP' 형식
으로 보내주시고, 파일에 연락처도 함께 기재해주시면 됩니다.

채택된 작품은 정식 계약을 통해 출판물로 간행됩니다.
간행된 출판물은 당사의 유통망을 이용하여 전국 서점으로 배포됩니다.
※ 문의 사항은 네이버 카페(http://cafe.naver.com/oulim0120)를 이용하시기 바랍니다.

경기도 고양시 일산동구 장항동 43-55 성우사카르타워 801호
어울림 출판사 신인 작가 담당자 앞
전화 031) 919-0122 / **E-mail** 5ullim@daum.net